우물 밖 개구리

우물 밖 개구리

1판 1쇄 인쇄 | 2017년 1월 23일
1판 1쇄 발행 | 2017년 2월 7일

지은이 | 오프리
그린이 | 이현지
펴낸곳 | 함께북스
펴낸이 | 조완욱

등록번호 | 제1-1115호
주소 | 412-230 경기도 고양시 덕양구 행주내동 735-9
전화 | 031-979-6566~7
팩스 | 031-979-6568
이메일 | harmkke@hanmail.net

ISBN 978-89-7504-658-2 03810

이 도서의 국립중앙도서관 출판예정도서목록(CIP)은 서지정보유통지원시스템 홈페이지(http://seoji.nl.go.
kr)와 국가자료공동목록시스템(http://www.nl.go.kr/kolisnet)에서 이용하실 수 있습니다.(CIP제어번호:
CIP2017000920)

우물 밖 개구리

오프리 지음 | 이현지 그림

어른을 위한 힐링 메시지

함께
BOOKS

Prolog

혹시 전(煎) 좋아하세요?

빗방울 떨어지는 저녁 무렵 김치전과 막걸리 한 잔에 지인들과 얘기 나누며 정다운 시간을 보낸 지가 언제인가요?

우리는 살면서 역전(逆轉)과 반전(反轉)을 꿈꿉니다. '전(轉)'은 '구르다'라는 뜻으로 한쪽 방향으로 굴러가다가 방향이 바뀌는 것을 말하죠.

조용한 음악이 갑자기 경쾌해지거나, 울던 사람이 갑자기 웃고, 평이했던 삶이 어떤 계기로 유명한 삶으로 바뀐다든지 하는 그런 경우 말이죠. 우리가 책, 드라마나 영화 또는 개그 프로를 즐겨 보는 이유가 반전(反轉)에서 느껴지는 희열을 맛보기 위함이 아닐까요? 왜 우리는 반전(反轉)을 꾀할까요?

그것은 우리들 일상의 삶이 그만큼 억눌려 있기 때문일 것입니다. A4용지보다도 작은 철창 안에서 모이를 먹고사는 닭들이나 1m의 쇠사슬에 묶인 채 살아가는 개들만이 자유가 없는 것은 아닙니다.

참다운 배움을 익히기보다 먹고살기 위해서 하고 싶은 것을 포기해야 하는 현실, 좁은 취업 문 뒤엔 정규직 전환의 관문이 남아 있고 그

뒤엔 조기 명예퇴직의 어두운 그림자가 드리워져 있습니다. 그렇다고 어느 누구도 나의 삶을 대신 살아줄 수는 없습니다.

우리는 현실의 세계를 탈출하거나 초월하여 자유를 누릴 수 있는 능력을 갖추고 있지 않습니다. 하지만 남은 인생을 그냥 포기하기엔 앞으로 펼쳐질 무수한 삶의 기회들이 너무 아깝습니다.

그래서 우리는 삶의 반전(反轉)을 꿈꾸게 됩니다.

반전(反轉)의 삶을 꿈꾸기 위해서 필요한 건 뭘까요?

너무 거창하게 생각할 것까진 없습니다. 자신의 모든 걸 송두리째 바꿀 필요도 없습니다. 단지 버스를 기다리면서 짹짹이는 참새나 길가의 가로수들과 대화를 나눌 정도의 작은 관심과 여유 정도면 됩니다.

매일 먹는 흰쌀밥에 흑미나 검은콩, 현미 같은 잡곡들을 섞어 먹으면 어떨까요? 늘 마시는 물 한 잔에도 가끔은 톡 쏘는 탄산이 들어간다면 색다른 기분을 느낄 수 있습니다. 파티에 나갈 때는 정갈하고 무난한 옷에 남자는 화사한 컬러의 나비넥타이, 여자는 머플러로 포인트를 주어 멋을 낼 수 있겠죠. 이러한 것들이 일상의 반전(反轉)입니다.

그런데 그거 아세요? 파티에 입을 옷을 고르는 것보다 때로는 나비넥타이나 머플러를 고르는 일이 더 어렵거나 시간이 걸린다는 사실을. 거울을 보면서 이게 나을까? 저게 나을까 하며 가지고 있는 웬만한 장식품들은 셀프 모델의 소품이 되어 거울에 비춰집니다. 그리곤 겨우 하나를 고르는 것이죠.

문을 닫고 나오는 순간에도 '사람들이 알아볼까?'하는 마음도 함께 하면서. 수많은 옷들과 소품들 중에 정작 맘에 드는 게 없을 땐 옷장을 싹 비우고 싶은 기분이 들 수도 있습니다.

삶이 예상했던 대로라면 자칫 무미건조해질 수 있으나 예상하지 못한 결과라면 실망하거나 반대로 기쁠 수도 있겠죠.

저는 여기서 예상하지 못한 소소한 기쁨들을 독자께 드리고 싶습니다. 삶의 잔향 같은 것 말이죠.

꽃은 지더라도 향기는 퍼지듯이 술잔을 비워도 향기는 남습니다.

그 잔향이 여러분의 머릿속에 딸랑딸랑 맑은 종소리의 울림이 되길 바랍니다. 그 울림은 꼭 의미 있고 무게가 있을 필요는 없을 것입니다. 스쳐 지나가는 먼지 같은 가벼움부터 진중한 무게를 느끼게 하는 깨달음까지 경계를 넘나들 것입니다.

아름다운 향기가 당신의 미소 속에서 그윽하기를 바랍니다.

목 차

깨어나기 「Creatively」

햇볕 쬐기 「Sunny」

바람 부는 곳으로 떠나기 「Windy」

멈추고 바라보기 「Calmly」

어른들을 위한
힐링 메세지

알에서 깨어나기

creatively

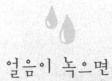

얼음이 녹으면

신이 물었다.

"얼음이 녹으면 무엇이 되는가?"

자연 : 얼음이 녹으면 봄이 옵니다.

학생 : 얼음이 녹으면 새 학기가 시작해요.

초병 : 얼음이 녹으면 평화가 올 것입니다.

첫 번째의 '얼음'은 '겨울'을,

두 번째의 '얼음'은 '겨울방학'을,

세 번째의 '얼음'은 '냉전'을 의미합니다.

"인간의 행동은 세상 자체에 대한 반응이 아니라,

자기가 그렇다고 인식한(perceived) 세상에 대한 반응이다."

-솔로몬 에시(Solomon Asch)-

똑같은 대상도 그것을 어떻게 보고

느끼고 받아들이며 해석하느냐에 따라서

의미가 달라집니다.

잡초를 없애는 법

입사시험에 최종 합격한 3명에게 면접관이 마지막 문제를 냈다.

면접관 : 당신이라면 잡초를 없애기 위해서 무엇을

하겠습니까?

김모범 : 저는 아침저녁 틈나는 대로 잡초를 베서 깨끗이

치우겠습니다.

그러자 옆에 있던 응시자가 말했다.

나창의 : 저는 잔디를 뽑은 자리에 씨를 뿌려 곡식이 자라도록

하겠습니다.

16

면접관은 그의 신선한 창의력에 흐뭇한 미소로 화답했다.
마지막 남은 응시자의 차례가 돌아왔다.

오통찰 : 저는 사람들이 자주 왕래할 수 있게 길을 내겠습니다.

면접이 끝난 후 오통찰 씨는 수석, 나창의 씨는 차석을 하며
최종 합격을 했다.

'잡초를 없애라'라는 문제에만 너무 신경을 쓰면

당장 하기 쉬운 방법들이 동원되기 쉽습니다.

하지만 그것은 대부분 임시방편에 머물 뿐

근본적인 해결책은 아닙니다.

창의와 통찰은

문제를 재정의하고 재해석할 때

발현됩니다.

계란의 꿈

삶은 계란 : 난 이제 병아리가 될 수 없어.

생계란 : 나도 마찬가지야. 엄마의 따뜻한 품 안에 안기고 싶어….

삶은 계란 : 그래도 넌 아직 희망이 있잖니?

생계란 : 희망? 나에게 무슨 희망이 남아있을까?
　　　　나도 곧 너처럼 될 텐데.

삶은 계란 : 병아리가 되는 꿈을 가슴속에 그려봐.

생계란 : 그럼 진짜 병아리가 될 수 있을까?

삶은 계란 : 확신할 순 없지만 한 번 시도해 보는 것도
　　　　　나쁘진 않을 거야.

생계란은 삶은 계란의 말대로 매일 병아리가 되는 꿈을 꾸었다.
어느 날 집주인은 계란을 삶아 먹으려다
유난히 고운 빛깔을 내고 있는 계란이 눈에 띄었다.

왠지 그 계란만은 닭으로 키우고 싶어졌다.
집주인은 계란을 어미 닭이 있는 보금자리에 넣어주었고
어미 닭은 따듯한 배와 가슴으로 계란을 품었다.

3주가 지나자 작은 병아리가 단단했던 껍질을 깨고 세상 밖으로 나왔다.

꿈이라는 것은

내가 그것을 품고 믿을 때 밖으로 빛을 냅니다.

그 빛은 다른 사람들의 눈에 띄거나 알려지게 되고,

그럴 때 운도 함께 따르게 됩니다.

꿈은 혼자 이루는 것이 아닙니다.

누군가의 도움이 꼭 필요합니다.

먼저 꿈을 꾸세요.

꿈조차 꾸지 않는 사람에게 도움의 손길을 내밀

친절한 사람은 없습니다.

단상(短想)

하늘에서 비가 내리자 지렁이들이 땅 위로 기어 나왔다.

소년 : 지렁이는 빗물을 타고 하늘에서 내려오는 게 틀림없어!

바람이 불자 나뭇잎이 땅에 떨어지고 사과도 떨어졌다.

소년 : 바람은 중력보다 한 수 위인 것이 틀림없어!

해가 지자 둥근 달이 떴다.

소년 : 해와 달은 숨바꼭질을 하는 게 틀림없어!

어떤 단편적인 사건이나 사실의 결과만을 보고
쉽게 단정하는 경우가 있습니다.
저도 어렸을 적엔 비가 오면 진짜 하늘에서
지렁이가 함께 떨어지는 줄 알았었으니까요.

어떤 하나의 단면만을 보고도 숨겨진 원리를 꿰뚫는 사람을
우리는 통찰자라고 부릅니다.

통찰력은 깊은 생각을 통해 길러지지만
꾸밈없이 있는 그대로를 직시할 때 나타나기도 합니다.

이?치?

남 : (나는 당신을 사랑하는데) 당신은 왜 날 사랑한다고
　　 말하지 않는 거죠?

여 : (나는 바다를 사랑하는데) 바다는 왜 날 사랑한다고
　　 말하지 않는 거죠?

'이열치열'이라는 말이 있죠. 이?치?도 같은 맥락입니다.

물음에 꼭 마침표를 찍으라는 법은 없습니다.

때로는 물음에 물음으로 응수를 할 수 있는

배포와 지혜도 필요합니다.

질문의 핵심을 간파하고 그것을 뒤엎을 수 있는

날카로운 삶의 통찰 같은.

그동안 질문에 답을 찾으려고만 노력해왔다면,

이제부터는 그 질문에 질문을 해보는 것은 어떨까요?

사랑해요

27

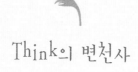

Think의 변천사

다음 네모 칸에 적합한 말을 채우시오.

Think small -> Think big -> Think different ->

정답 (원하는 답) : Think same

독일 폭스바겐의 딱정벌레차로 유명한 '비틀(Beetle)'은
중후장대한 차가 지배했던 미국시장을 파고들어 큰 성공을 거두었죠.
그 때 슬로건이 「Think small」입니다.

이 간단한 한 문장은 명 카피가 되어 아직까지도
그 계를 잇고 있습니다.
우리나라엔 모 학습지 회사에서 「Think Big」을 들고 나왔었죠.
혁신의 아이콘 스티브 잡스의 「Think different」는
항상 그를 따라다니는 유명한 상징어가 되었습니다.

'Think'를 시대순으로 나열해보니

하나의 트렌드가 보였습니다.

그래서 다음은 「Think same」이 될 거라고

조용히(?) 외쳐본 것이죠.

이 구호와 합치되는 영역이 분명 어디엔가 있을 겁니다.

Think same!

당신도 지금 저와 같은 생각이신가요?

전선

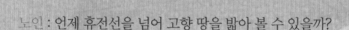

노인 : 언제 휴전선을 넘어 고향 땅을 밟아 볼 수 있을까?

청년 : 언제 취업 전선을 넘어 내 손으로 돈을 벌 수 있을까?

연예, 결혼, 출산의 3포

내 집 마련과 취업까지 더해 5포

이제는 인간관계와 꿈마저 포기하는 7포까지

포기하는 것이 점점 늘어만 가는 이 시대의 청년들

오늘의 어두운 밤하늘 뒤엔

내일 다시 밝게 떠오를 태양이 있는 것처럼

꿈과 희망은 포기하지 않는 우리 곁에 늘 있습니다.

자신을 믿으세요.

「New」 토끼와 거북이

지난 경주에서 게으름을 피워 승부에서 진 토끼가 거북이에게 말했다.

토끼 : 거북아, 나에게 만회할 기회를 주렴.

거북이 : 좋아. 대신 3선 2승제로 하자. 그리고 3번째 경주 코스는
　　　　 내가 정하는 걸로 했으면 해.

토끼 : 좋아. 그럼 내일 지난번 경주했던 곳에서 보자. 안녕!

이튿날 토끼와 거북이는 다시 만났다.
토끼는 이번에는 요령 하나 피우지 않고
단숨에 경주를 독주한 채 싱겁게 승리를 하였다.

START

제 2라운드

35

「New」 토끼와 거북이 (속편)

스코어는 1 : 1 이제 최종 결승전이 남았다.

거북이 : 이번 코스는 바로 앞에 보이는 바닷가로 하겠어.

　　　　목적지는 저 멀리 보이는 작은 섬이야.

토끼 : 뭐라고? 바닷가! 그런 게 어딨어?

　　　난 수영을 전혀 못 한단 말이야.

거북이 : 토끼야, 난 그동안 두 번이나 네가 하자는 대로 했어.

토끼 : 그야, 그렇지만….

토끼는 거북이의 제안에 절망했지만, 거북이의 말을 따를 수밖에 없었다.
드디어 결승전이 시작됐다.
거북이는 바닷속에 들어가더니 순식간에 섬에 도착해서
아직 출발도 하지 못한 토끼에게 멀리서 손을 흔들었다.

START

거북이는 마지막 경기를 승리로 끝내면서
최종 우승자가 되었다.

WIN

토끼의 주 무대는 육지이고,

거북이의 주 무대는 바다입니다.

사람에겐 저마다 자신만의 특기가 있습니다.

지금 당신이 서 있는 그 자리가

당신의 장점을 제대로 발휘할 수 있는

여건을 갖추었나요?

인디언 기우제

선생님 : 인디언이 기우제를 지내면 비가 100% 내립니다.

　　　　인디언은 비가 올 때까지 기우제를 지내기 때문이에요.

　　　　비 한 방울 오지 않을 것 같은 사막에도 비는 내려요.

　　　　여러분들도 끝까지 포기하지 않는 삶을 살기 바래요.

학생 : 선생님, 어차피 비는 언젠가는 내리는 거 아닌가요?

　　　저 같으면 기우제를 지낼 시간에 차라리 다른 일을 할 거예요.

인디언들이 기우제를 지내면 항상 비가 오는 비결은
다름 아닌 비가 올 때까지 기우제를 지내기 때문입니다.
예전엔 그럴듯해 보였는데, 지금은 생각이 달라졌습니다.

인디언들은 기우제라는 '의식 행사'를 통해서
소속 구성원들의 결속을 다질 수는 있었겠죠.

하지만 비가 오는 것은 절대적으로 자연이 결정하는 일이지
사람의 힘으로써 좌우되는 것은 아닙니다.
비나 눈은 예보의 영역이 될 수는 있어도
바란다고 이뤄지는 주술의 영역은 아닌 것이죠.

현명한 농부는 농사를 짓고 나서 나머지는 자연에게 운명을 맡깁니다.
날씨가 좋기를 바란다고 뜻대로 될 수 있는 것이
아니란 걸 알기 때문입니다.

속마음 감별기

직장 고수들은 사무실에서 몰래 재미있는 영상을 보며

겉으론 아무렇지도 않은 표정으로 일을 했지만,

속으로는 배꼽을 잡고 웃었다.

하수들만이 얼굴 표정을 있는 그대로 드러냈다.

- 5년 후 -

사람들이 속마음과 겉 표정을 완전히 분리시킬 정도의
능력을 갖추게 되자, 속마음 감별기라는 발명품이 큰 인기를 끌었다.

한편 인간다운 삶을 지향하는 시민단체와 일부 대학교수들은
'잃어버린 표정 찾아 삼만리'라는 구호 아래 거리로 쏟아져 나왔다.

그런데 정작 분노해야 할 그들의 얼굴은 한결같이 무표정했다.

로봇과 인간의 대결을 그린 영화 〈터미네이터〉처럼

인간의 감정을 파악해 내는 센서와 그것에 저항하는

인간의 대결구도를 상상해 보았습니다.

인간은 자신의 마음을 들키지 않기 위해서

포커페이스는 물론 속마음까지 바꾸는 진화의 대응을 합니다.

만약 그게 현실이 된다면 그런 인간에 대적하기 위해

진짜 마음속 상태를 찍을 수 있는 카메라가 등장할지도 모릅니다.

바다는 얕은 바닥을 드러낼 때 쉽게 발을 담글 수 있는 것처럼,

사람도 속마음을 드러낼 때 쉽게 다가갈 수 있습니다.

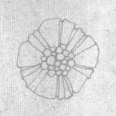

냄새의 변신

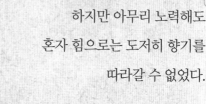

냄새는 향기가 되고 싶었다.
하지만 아무리 노력해도
혼자 힘으로는 도저히 향기를
따라갈 수 없었다.

냄새는 멍하니 사람들이 말하는 모습을 쳐다보았다.
그러다 문득 냄새는 자신을 희생하지 않고도
향기가 될 수 있다는 사실을 깨달았다.

냄새는 그 날부터 '좋은'과 '구수한', '향긋한'
이라는 친구들과 가까이 지내며 그들과 함께 다녔다.

그러자 사람들은 냄새를 다음처럼 불러주었다.

'좋은 냄새'
'구수한 냄새'
'향긋한 냄새'

살다 보면 누군가의 도움으로 변화된 새로운 삶을

맞게 되는 계기가 있습니다.

그는 나에게 날개를 달아 줄 수도 있고,

목적지까지 빠르고 안전하게 갈 수 있는 기차 티켓을

줄 수도 있습니다.

그것은 꼭 사람이 아닐 수도 있습니다.

영화나 드라마가 될 수도 있고,

게임이나 만화책이 될 수도 있으며,

길을 걷다 우연히 본 꽃과 나무일 수도 있습니다.

또는 실패로부터의 깨달음일 수도 있습니다.

의미 있는 존재로 꽃을 피울 수 있으려면

나를 다양한 환경에 노출하는 것이 필요합니다.

그 많은 것들 중에 분명 나와 맞는 것이 있을 겁니다.

황금낚시

황금 바늘로 낚시를 하는 사람이 있었다.

그는 돌아올 때마다 항상 월척을 잡아왔다.

어쩌다 생긴 우연이라고 생각한 사람들.

하지만 한 달 내내 같은 일이 반복이 되었다.

급기야 그는 가게를 직접 차려서 자기가 만든 황금낚시 바늘을 팔았다.

낚싯바늘은 불티나게 팔렸고 그는 순식간에 부자가 되었다.

그의 낚시 바늘을 산 사람들은 항상 그처럼 똑같이 월척을 낚았다.

소문을 듣고 바다를 건너온 상인이 그 비결을 물었다.

"나도 황금으로 만든 바늘로 낚시를 했지만 한 번도 월척을 잡진 못했소.

숨겨진 다른 비밀이 무엇인지 알려주면 금화 천 냥을 주겠소."

그러자 낚시꾼이 대답했다.

"그것은 간단합니다. 나는 물고기들에게

황금의 가치를 일깨운 후 욕망을 심어주었습니다.

그래서 힘세고 덩치가 큰 물고기들이

황금을 차지하려고 달려드는 것이지요."

48

유능한 판매원은 옷을 사러 온 노인에게

그 나이에 딱 맞는 옷을 추천하지 않습니다.

대신 실제 나이보다 조금 젊은 취향의 옷을 추천합니다.

노인들도 젊은 사람들이 있는 곳을 선호하지

노인정을 일부러 찾아가진 않습니다.

역대 히트상품들은 한결같이 인간의 욕망을 건드린 것들입니다.

겉으로는 드러나지 않은 욕망의 흐름을 읽어 보세요.

새로운 큰 기회가 그 안에 숨겨져 있습니다.

길을 가던 행인이 물었다.

''는 무엇입니까?

목사 : 그것은 예수그리스도의 십자가입니다.

수학자 : 그것은 사칙연산의 더하기 부호입니다.

목수 : 그것은 십자드라이버입니다.

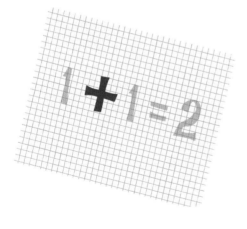

세상을 좀 더 창의적으로 살기 위해서는

폭넓은 시야가 필요합니다.

그래야 '자기만의 갇힌 세계'에서 벗어날 수 있습니다.

'생각'의 차이는 '관점'의 차이에서 나오고,

광활하고 무한한 '우주'도

자신의 가슴속에 담을 수 있게 합니다.

동물원 감상문

선생님 : 자, 여러분 내일까지 동물원 감상문 써오세요. 알았죠?

이튿날 선생님은 아이들이 제출한 감상문을 훑어보다가
한 아이의 글에 시선이 멈췄다.

사자와 호랑이의 야성은 다 어디로 간 걸까?
북극곰은 왜 남쪽 나라에서 살고
불이 나면 달려가 불을 꺼야 할 코끼리 주변엔
왜 물이 없을까?
초원을 힘차게 달려야 할 말은 왜 토끼처럼 풀만 뜯고 있고
펭귄은 왜 안경을 안 썼을까?

닭장 속의 닭, 우리 안의 돼지, 새장 속의 새처럼

일정한 울타리의 '틀' 안에 갇혀 지내는 동물들에게선

생동감을 기대하기 힘듭니다.

사실 애초부터 야생성이 왕성한 자연 그대로의 모습을

기대하고 동물원에 간다는 것 자체가 무리겠죠.

하지만 동물원은 그 자체로 의미를 지닙니다.

TV에서 봤던 뽀로로가 실제로는 어떻게 다른지

아이들이 알 수 있게 해주니까요. 중요한 건 사람이든 동물이든

자기가 본래 있어야 할 자리에 있을 때

가장 자기답다는 것입니다.

어떤 경주

숲 한가운데서 경주가 벌어졌다.
출전 선수는 거북이, 지렁이, 달팽이, 코알라였다.
구경 나온 온갖 동물들이
응원전을 벌였다.

"이겨라! 이겨라!"

출발선부터 목적지까지는 10m였다.
경기는 시작한 지 1시간이 지났지만
선수들은 아직 반도 채 도달하지 못했다.

이윽고 3시간이 지나자 제일 먼저 지렁이가
결승 테이프를 끊었다.
그 뒤 차례대로 코알라, 거북이가 잇따랐고
제일 늦게 달팽이가 들어왔다.

심사위원장인 토끼가 시상식 연단에 오르며 말했다.

"이번 대회의 1등은 달팽이가 차지했습니다.
제1회 느리게 달리기 대회에서
우승한 것을 축하합니다!"(짝짝짝)

달팽이는 부상으로 참새 등에 업혀 하루 동안
비행체험을 할 수 있는 상품권을 받았다.

'더 빨리 더 높이 더 멀리'

세계 70억 인구의 스포츠 축제인 올림픽의 캐치프레이즈입니다.

그런데 언제부턴가 이 구호가 개인의 일상에까지

깊숙하게 침투하면서부터 현기증이 나기 시작합니다.

속도가 빨라지면 필히 열이 발생합니다.

냉각장치가 없는 자동차나 땀을 배출하지 못하는 사람은

어떻게 될까요?

인생에서 땀샘의 역할을 하는 것들이 휴식과 여유입니다.

그것이 치유(Healing)와 복원(Resilence)입니다.

계속 빠르게만 흐르는 곡은 사람의 심장 박동 수를 높이고

긴장하게 만듭니다.

바로 지금 우리의 삶이죠.

바삐 달려가는 인생일수록 필요한 건 안단테 풍의

느린 노래를 들으며

삶의 리듬에 균형을 맞추는 일입니다.

오늘 저녁엔 잠시 5분만 시간 내서

차이콥스키의 사계 중 뱃노래나 베토벤의 비창 소나타 2악장

또는 쇼팽의 녹턴 작품번호 9의 2번 곡을 한 번 감상해 보세요.

Ella Fitzgerald의 Misty도 좋습니다.

게 걸음

지렁이 한 마리가 갯벌에서 바람을 쐬고 있었다.
그때 게 한 마리가 진흙 속에서 나오더니
옆걸음을 치며 힘겹게 나아갔다.

'참, 이상하구나. 옆으로 걷는 동물도 있다니!'

지렁이는 옆으로 종종걸음 치는 게가 하도
우스워서 깔깔깔 비웃었다.
그러자 웃음소리가 컸던지 게가 듣고는
방향을 90도 틀어서 지렁이에게 다가왔다.

결국 지렁이는 게의 먹이가 되었다.

옆으로 걷든 뒤로 걷든,

천천히 걷든 빨리 걷든 간에

중요한 건 목표점을 향한 방향입니다.

또 다른 새로운 가능성들이 사방에 있습니다.

어느 곳을 향할지는 당신의 자유입니다.

수십 년간 한 길을 간 것이 가장 중요한 건 아닙니다.

나에게 맞는 방향이 중요합니다.

선택 도우미

때는 2030년. 세상은 상상하지도 못했던 것들을 포함하여
없는 게 없을 정도로 풍부하게 되었다. 요즘 가장 인기 있는 직업 중에
하나는 '선택 도우미'다. 대신 선택을 해주며 돈을 받는 이들은
평균 300:1의 경쟁률을 뚫고 온 사람들이다.

<다음은 고객이 선택 도우미에게 묻는 흔한 풍경>

10대 학생 : (2천 개의 게임 중에서) 좀 색다르고 재미있는

        게임 없을까요?

20대 학생 : (100개의 교양 강좌 중에서) 어떤 걸 들어야하죠?

30대 여성 : (50가지 피부 마사지, 100가지 피부 재생 프로그램,

100가지 피부 박피 시술, 200가지 피부약,

300가지 피부 영양제 중에서)

내게 가장 잘 맞는 보습 방법은 뭐죠?

40대 주부 : (200개 생방송 프로그램과 300개의 인터넷방송중에서)

저녁에 즐길 만한 방송 프로그램 하나 추천해 주실래요?

70대 할머니 : (300명의 데이트 프로필 중에서)

누가 가장 나와 잘 어울려 보여요?

구글에 'love'를 검색하면

0.3초 만에 30억 개에 가까운 검색 결과가 나타납니다.

하지만 30억 개의 결과를 모두 찾아보는 사람은 없죠.

단지 상위에 나타난 몇 개의 정보만을 볼 뿐입니다.

이처럼 이미 컴퓨터는 인간에게 일종의

'선택 도우미' 역할을 하고 있는 셈인데요.

미래엔 음성인식을 넘어 사람의 표정을 읽고

원하는 검색어를 유추해내는 수준까지 진화할지 모릅니다.

정보가 계속 급증하는 앞으로는

어떤 형태로든 사람들의

의사결정을 빠르고 간편하게

도와주는 도구나 사람의 역할이

더욱 중요해지지 않을까요?

도토리가 사는 법

10살 된 아이와 아빠가 산에서 산책을 하고 있었다.

아이 : 아빠, 이것 좀 보세요. 어린나무가 자라고 있어요!

아빠 : 도토리나무구나. 나무들이 잘 자라야 숲도 우거지는 거란다.

아이 : 나무는 어떻게 번식을 해요?

아빠 : 생명이란 놓을 줄 아는 것에서 비롯되지.

아이 : 놓아야 한다고요?

아빠 : 그렇지. 도토리나무는 열매가 적당히 무르익으면

　　　그때부터는 물과 영양공급을 끊는단다.

　　　그러면 가지 끝에 매달린 열매는 말라서 힘이 없게 되고

　　　바람이 불면 땅에 쉽게 떨어지지.

　　　땅에 떨어진 도토리는 새로운 땅에 뿌리를 내리고

　　　이처럼 어린나무가 되는 것이란다.

아이 : 그럼, 저도 나중에 크면 도토리처럼 독립을 해야 되요?

아빠 : 맞아, 홀로 설 수 있을 때 새로운 생명도 꽃 피울 수 있단다.

생명체는 자신의 유한한 삶을

번식과 영생을 통해서 무한히 유지하려고 합니다.

영생은 현실적으로 힘들기 때문에 번식의 형태로 삶을 이어나가죠.

자신과 똑같은 DNA를 통해서요.

그런데 새 생명이 창조되기 위해서는

일정 시점이 지나면

독립의 단계를 거쳐야 합니다.

나뭇가지에 꼭 달라붙은 열매의 씨앗을 땅으로 떨구는

분리의 과정이 있어야 하는 것이죠.

사랑스러운 아이들도 언젠가는 부모의 품 안을 벗어납니다.

어쩌겠습니까?

마음은 아프지만 그 또한 하나의 생명이 살아가는 방법인 것을….

?,

교육 혁명 회의

교사 대표 : 지금까지 우리는 학교에서 선생님이 '?'를 던지면

'.' 로 대답을 해왔습니다.

이제는 바뀌어야 합니다. '?'에 '?'를 던질 수 있어야 해요.

마찬가지로 '.'에 '?'를 던질 수 있어야 합니다.

교수 대표 : 맞습니다. 지금껏 우리는 ':‖'처럼 반복된 주입식 교육을

받아왔습니다. 이제는 제대로 탐구하고 학습하는

창의적 인재를 육성해야 해요!

학부모 대표 : 그래요. 이제는 '.'로 머리만 키우는 교육이 아니라

마음을 흔들 수 있는 '!'의 교육을 해야 합니다.

학생 대표 : 또 하나, 학생들은 그동안 줄곧 공부만 하느라

　　　　　'.'이 없이 달려왔다는 겁니다.

　　　　　방학조차 공부의 연장이 되버린 지 오래죠.

　　　　　우리들에게 가장 필요한 건

　　　　　잠시 생각할 여유를 갖는 ',' 입니다.

의장 : 정리하면, '.'를 ':‖' 하고 '?'에 '.'로 대답했던 방식을

　　　　'.'와 '?'에 '?'로, '!'와 ','를 ':‖'하는 교육혁명이

　　　　필요하겠군요.

전원 : !!!

천재적인 업적을 남긴 위대한 사람들은 한결같이

머릿속에 물음표를 달고 다녔던 사람들입니다.

물음표는 또 다른 물음표를 낳습니다.

느낌표가 되고 마침표가 되기도 합니다.

그 사이사이마다 쉼표가 있어야 합니다.

쉼표는 다음 문장이 올 수 있도록 연결을 해줍니다.

긍정의 기대

선생님이 아이들에게 긍정적인 관점에 대해 교육을 하고 있었다.

선생님 : 여기 어항이 하나 있어요. 자, 어항의 반을 이렇게 비웠어요.
　　　　어떻게 보이죠?

학생1 : (수업내용을 잘 알아듣지 못하고) 물이 반밖에 남지 않았습니다!

학생2 : (수업내용을 충실히 이해하고) 물이 반이나 남았습니다!

그때 맨 뒤에서 졸고 있던 학생에게 선생님이 똑같은 질문을 했다.

선생님 : 이 어항이 어떻게 보이죠?

학생3 : 물 반 고기 반이요!

동일한 대상도 관점을 달리하면 다르게 보일 수 있다는
이 유명한 이야기는 또 하나의 고정관념을 낳을 수 있습니다.

'물이 반이나 남았다'와 '물이 반만 남았다'는
분명 서로 다른 해석의 의미이지만, 반이 채워진 물 잔을
오로지 이 두 가지 관점으로만 봐야 할까요?

우리가 경계해야 할 점은 바로 이 부분이라고 생각합니다.
어떤 사고나 관점이 공식처럼 굳어지는 것 말이죠.
이런 현상이 일반화되어 굳어지면
다른 의견을 말하는 사람은 바보가 되고 맙니다.

새로운 시각도 시간이 흐르면 구식이 될 수 있습니다.

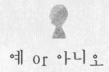

예 or 아니오

스승 : 지금부터는 내가 질문을 하면 '예와 아니오'로만 대답하거라.

제자 : 예, 스승님. 그전에 먼저 제가 질문을 해서 스승님도
　　　예와 아니오로만 대답해 주실 수 있나요?

스승은 다소 엉뚱한 제자의 물음에 체면상 그렇게 하겠다고 하자
제자가 물었다.

학생 : 참된 용기란 무엇입니까?

스승 : …….

예와 아니오로만 대답하는 형태는

마치 컴퓨터가 모든 정보를 0과 1로써 처리하는 과정처럼

제한된 시간을 효율적으로 사용한다는 의미는 있지만

그 안에는 중요한 것이 결여되어 있습니다.

그것은 '소통'입니다.

질문자의 의도와 관점은 오롯이 담겨있는 반면

답변자가 생각할 여지와 자유는 제한된 것입니다.

이런 상황에서는 답변자의 입장과 무관하게

질문자가 의도한 대로 결론이 날 가능성이 큽니다.

지금 당신을 지배하는 삶의 형태도 혹시

예와 아니오로만 답을 해야 하는 상황은 아닌가요?

11 01 1 11 011

101 010 101

11 10

초월

숲속에서 갈대가 민들레에게 뽐내며 말했다.

"난 너보다 훨씬 키가 크고 늘씬해서
 이처럼 신선한 공기를 마실 수 있단다."

그러자 해바라기가 갈대에게 비웃듯 말했다.

"갈대야, 네가 아무리 키가 큰들 넌 항상 내 밑이야.
 그래서 이렇게 고개를 푹 떨구고 땅을 내려다보는 거 아니겠니?"

그러자 이번에는 하늘 위로 높이 솟은 전나무가
쩌렁쩌렁한 목소리로 웃으며 말했다.

"하하하, 너희들 지금 도토리 키 재기 하니?
 난 너희들을 이 높은 데서 내려다보느라 고개가 아플 지경이라고."

갈대와 민들레 그리고 해바라기는 하늘 높이 쭉 뻗은
전나무를 올려다보며 고개를 끄덕였다.
바로 그때 전나무를 칭칭 감고 있던 담쟁이가 꼭대기로
줄기 끝을 슬쩍 뻗으며 말했다.

"전나무 네가 아무리 높아도 난 널 항상 넘어설 수 있지."

담쟁이는 한껏 여유를 부리며
마치 숲의 왕이라도 된 듯 뻐기며 말했다.

그때 나뭇가지 위에 앉아있던 작은 참새 한 마리가 푸드덕하며
하늘 위로 높이 날아 올라갔다.

초월은 무색이다!

예를 들어볼까요?

일직선 상에서 한 방향을 향해 달리면 치열하게

1등 2등을 다퉈야 하지만,

동그란 원의 중심에서 출발하면 360개의 'Only One'이 생겨

일직선 상의 경쟁을 '무색'하게 합니다.

'안나 매리 로보트슨 모제스'는 75세에 독학으로

그림을 시작해서 미국의 국민화가가 되어 나이를 무색하게 했습니다.

남들이 온통 원피스 수영복의 색상, 재질, 디자인에 신경 쓸 때,

비키니를 만들어 두 개로 쪼개니까

더 이상 그들과의 경쟁이 '무색'해졌습니다.

초월은 무색입니다.

어른들을 위한
힐링 메세지

햇볕 쬐기

Sunny

하루의 시작

여 : 저는 하루의 시작을 맨손 체조를 하며 기분 좋게 시작한답니다.
    당신은 하루의 시작을 어떻게 보내시나요?

남 : 저는 잠을 잡니다.

여 : 네? 잠을 많이 주무시나 봐요?

남 : 아닙니다. 6시간만 자는 걸요.

여 : 많이 자는 편도 아니시네요? 그럼, 늦게 주무시나 봐요?

남 : 그것도 아닙니다. 저의 하루의 시작은 밤 12시예요.
    24시간으로 치면 0시인 셈이죠.

달력을 보면 빨간 날이 맨 왼쪽에 위치해 있습니다.

하루도 마찬가지입니다. 0시가 시작점입니다.

하지만 사람들은 일주일의 시작을 월요일로 생각하고,

하루의 시작을 아침 6시로 생각합니다.

'일'이 중심인 세상에 살고 있기 때문입니다.

하지만 인류의 조상들은 잠을 자고 휴식을 취하는 0시와 일요일을

각각 하루와 한 주의 시작점으로 삼았습니다.

이것은 무슨 의미일까요?

잠과 빨간 날은 에너지를 충전하고 원기를 회복하는 시간입니다.

아가는 엄마의 뱃속에서 10달을 쉬면서 무럭무럭 자랍니다.

아이들이 키가 쑥쑥 크는 시점은 교실에 있을 때가 아니고

편안히 쉬는 방학기간입니다.

휴식은 단순히 시간을 낭비하는 것이 아닙니다.

성장하고 발전하는 데 필요한 여건들을 갖추는

창의적인 소중한 시간입니다.

달력에 빨간 날이 왜 맨 앞에 위치한 것인지 잊지 마세요.

여왕벌의 역린

꿀벌 : 여왕님, 요즘 말벌들이 부쩍 늘어서 꿀을 따기가 힘듭니다.
　　　대책을 내려주세요.

여왕벌 : 그렇다면 너희에게 재생이 되는 침을 주겠노라.

여왕벌은 새로운 알을 낳았고 그 알은 커서
꼬리에 독침을 단 재생이 되는 뿔을 가지게 되었다.
그 후 꿀벌들은 말벌들과 대적할 수 있게 되어 꿀을 뺏기지 않았다.

꿀벌 : 여왕님, 왕국을 건설하기 위해서는 더 많은 꿀들이 필요합니다.
　　　하지만 몸집이 너무 작아 꿀을 따는데 한계가 있으니
　　　더 크게 성장하게 해주세요.

여왕벌 : 좋다. 그렇다면 지금의 두 배로 성장하게 해주겠노라.

여왕벌은 또 새로운 알을 낳았고
그 알은 예전의 꿀벌보다 2배로 성장하여 더욱더 많은 꿀을 따게 되었다.

꿀벌 : 여왕님, 덕분에 왕국이 점점 완성되고 있습니다.

　　　하지만 이웃 왕국보다 더 거대한 왕국이 되려면

　　　더 많은 일벌과 꿀벌들이 필요합니다.

　　　그러니 저희들에게도 알을 낳을 수 있도록 해주세요.

여왕 : (기어이 너희들이 이제 내 자리를…) 여봐라.

　　　호위병들은 어서 이들을 감옥에 가두고

　　　일체 식량을 주지 말도록 하여라.

그 후 꿀벌들은 감옥에서 굶어 죽어 밖으로 내버려졌다.

꿀벌 한 마리가 티스푼 하나 분량의 꿀을 모으기 위해서는
하루에 3천 송이의 꽃을 돌아다니며 한두 달 동안 쉬지 않고
매일 꽃가루를 날라야 한다고 합니다.

여왕벌은 특유의 호르몬을 분비해서 다른 일벌들이
알을 낳을 수 없도록 원천적으로 차단을 합니다.

만약 일벌들도 알을 낳는다면 여왕벌은 할 일이 없어져서

어쩌면 일벌들과 똑같이 평생 일만 해야 할지 모릅니다.

여왕 체면에 일벌들처럼 똑같이 일만 할 수는 없겠죠?

사람은 누구에게나 역린이 있습니다.
그것을 다치지 않게 소중하게 다뤄주세요.

좋아하는 것

(어느 소개팅 자리)

여 : 혹시 뮤지컬 좋아하세요?
남 : 네 그럼요. 무지 좋아해요.

그 후 커플이 된 남녀는 매주 한 번씩 비싼 뮤지컬을 보았다.
반년이 지나자 그들은 헤어졌고 남자는 새로운 여자를 만났다.

여 : 혹시 뮤지컬 좋아하세요?
남 : 아, 아주 쬐~금 좋아해요.
여 : 그럼, 드라이브는요?
남 : 아, 그것도 쬐~금이요.

(30분 후)

여 : 그럼 좋아하는 게 뭐예요?
남 : 네? (할 말을 생각하다가)
　　 저…. 저는 그냥 나를 좋아해요.

예전에 직장 선배가 산을 좋아하냐고 묻자,

평소 동네의 낮은 산을 한두 시간 산책하는 정도로 즐기던 저는

별 뜻 없이 그렇다고 했습니다.

그런데 그 한마디가 화근이 될 줄은

얼마 지나지 않아 곧 알게 되었습니다.

그 일로 난생처음 낙타 등처럼 가파르게 생긴

내장산 팔봉을 타게 되었으니까요.

그것도 하얀 눈이 가득 쌓인 산을

8시간이 넘는 혹독한 악전고투 속에서.

그 때 깨달았습니다.

좋아하는 것을 함부로 쉽게 말하면 안 된다는 것을.

그래서 저는 누군가 뭔가를 좋아한다 말할 때

그 사람이 그것을 좋아하는 수준은 어떨까 궁금해집니다.

아내가 좋아하는 선물

아내 : (거울을 보며) 이게 내 모습 맞아?

아내는 결혼 후 아기를 낳느라 체형이 변해버린 모습을 보고
처녀 시절 늘씬했던 몸매를 떠올렸다.
잘생긴 남편을 닮은 아가를 볼 때면 한없이 좋다가도
거울에 비친 타인 같은 낯섦에 자신감은 떨어졌고
남편이 없는 동안 아이와 하루 종일 씨름하는 것이 힘겨웠다.

남편 : 여보, 왜 이렇게 우울해 보여요?

아내 : 당신이 선물 하나 해주면 금방 해소될 텐데…

남편은 잠시 깊이 생각하더니 말했다.

남편 : 그럼, 오늘 기분도 풀 겸 쇼핑하러 가요.

아내 : (활짝 웃으며) 정말요? 역시 당신이 최고예요.

남자들은 주로 이성적인 판단(기능이나 용도)으로

제품을 고르는 반면,

여자들은 대개 감성적인 판단(이미지, 브랜드, 느낌)으로

구매를 합니다.

능력만 된다면야 고생한 아내를 위해서

채널 할아버지라도 모셔오고 싶은 게 남편 마음입니다.

남자들은 여자들이 명품을 선호하는 것을 선뜻 이해하지 못하지만,

중요한 건 여자의 마음이 어디를 향하는가입니다.

때로는 계산하지 않고

아내의 마음을 온전히 헤아려 주세요.

주연과 조연

배추김치 속의 파가 풀이 푹 죽어 있길래 마늘이 파에게 물었다.

마늘 : 파야, 무슨 일 있니?

파 : 응, 사람들은 김치 하면 배추만 떠올리고
　　　나는 생각해주지도 않잖아.

마늘 : 그건 당연한 거야. 배추김치에서는 배추가 주연이고
　　　　우리 같은 양념들은 조연에 불과하다고.

파 : 그건 알지만, 그래도 난 배추처럼 인정받고 싶어.

양파 : 듣고 보니 파 네 말도 맞는 거 같아. 그럼 이렇게 하면 어떨까?

파/마늘 : 어떻게?

양파 : 우리 모두 각자 독립을 하는 거야!

파/마늘 : 독립이라고?

양파 : 응, 이 기회에 배추의 그늘에서 벗어나서 각자 제 갈 길을
　　　찾는 거야.

파 : 그럴 듯한 생각이긴 하지만, 사람들이 과연 좋아할까?

양파 : 글쎄, 장담할 순 없지만 일단 한 번 해보는 게 어때?

파/마늘 : 좋아! 한번 해 보자.

그 후 파, 마늘, 양파는 각각 파김치, 마늘장아찌, 양파 절임이 되어
많은 사람들의 관심과 사랑을 받게 되었다.

연극 좋아하시죠?

만약 집이 대학로 근처에 있었다면 저는 매주 연극을 봤을 겁니다.

소극장에는 무대와 객석이 있고, 무대 위는 조명이

비치는 곳입니다.

관객의 집중과 시선을 받는 곳이죠.

재미있는 연극일수록 주연과 조연이 조화를 이룹니다.

조연이 있어 주연이 빛나고

주연이 있기에 조연도 개성 있는 연출이 가능합니다.

아니 어쩌면 우리 각자 모두가 삶의 주연일 겁니다.

양파와 파, 마늘도 주연이 되는 세상이잖아요.

낯설지 않을 수 있는 어느 모임

"1차부터 너무 멋진 데 온 거 아니야?"

"그러게. 벽을 은은하게 비추는 저 조명 좀 봐.

얼었던 마음이 다 녹아들 지경이야."

"(깔깔깔) 와우! 여기 메뉴가 장난 아니야. 뭘 먹어줄까?"

매장에서는 신나고 활기찬 댄스곡이 흘러나오고 있었다.

5명의 여자 손님들이 온 이곳은 어느 번잡한 도심 한가운데 있는 카페로

케이크가 맛있기로 소문난 곳이었다.

"그럼 우리 2차 가야지. 분위기 좋은 데 봐 뒀어. 나만 따라와."

이번에 그들이 간 곳은 복잡한 도시를 벗어나 북촌 한옥마을에서

좀 떨어진 한적한 곳이었다. 그곳은 지붕이 기와로 된 한옥이었다.

안에 들어가자 현대와 전통을 섞어 놓은 듯한 디자인이 한 눈에 들어왔다.

전통악기들이 한데 어우러진 음악이 기분을 평온하게 해주었다.

"오, 여기 참 근사한 걸! 이건 금강초롱꽃처럼 생긴 등잔이네."

"그러게, 저기 천정 좀 봐.

전통 한지를 색색으로 입혀 놓은 문짝이 붙어 있어!"

그들은 단팥죽과 구운 찹쌀 인절미에 모과차, 오미자차, 매실차를 마시며

얘기꽃을 한창 피웠다.

"자, 오늘의 하이라이트 3차가 남았어. 커피 한 잔 해야지!"

여자 5인방은 이번에는 서울 한강의 야경이 한눈에 내려다보이는

고층빌딩의 한 커피 전문점에 들어갔다.

매장문을 열자 천장에 매달려 있는 4대의 질 좋은 스피커에서

드럼과 피아노 소리가 어우러진 흥겨운 재즈곡이 흘러나오고 있었다.

그들은 아메리카노, 카페 모카 등 자신이 선호하는 커피를 마시며

또 한참을 수다를 떨며 즐겁게 보냈다.

"오늘 너무 즐겁고 반가웠어. 그럼 담에 또 좋은 곳 알아내서 보자."

"그래, 담에 또 보자. 참, 오늘 결산금액 확인하고 내일 아침에 1/n 해서

카톡으로 알려줄게."

대개 1차, 2차라고 하면 항상 그 속엔 '술'이 끼어 있습니다.

하지만 '술'이 없이 맨정신에서도 얼마든지 즐거운 모임을

만들 수 있는데요.

1차부터 3차까지 단골로 빠지지 않는 술 대신

다른 음식들로 채워 넣는 것입니다.

먹는 소재가 달라진다고 만나는 자리가 재미없는 것은 아닙니다.

개인 혼자서 하면 다소 힘들 수 있는 것들도

여럿이 함께하면 즐거운 체험을 할 수 있습니다.

이러한 모임의 형태는 이미 여성들이라면 낯설지 않을 겁니다.

다만, 세 번의 모임을 당일치기로 갖는 경우만

살짝(?) 다를 수는 있겠죠.

낯 설 수 있 는 어 느 모 임

남자 5명이 모였다.

"배도 고픈데 삼겹살 어때?"

"좋아!"

남자 5인방은 속전속결의 결연한 자세였다.

"아! 소주가 땅긴다!"

"야, 술 안 먹기로 했잖아. 참아야지."

그들은 별 말없이 고기가 다 익기도 전에 먹어 치웠고,

그 와중에 틈나는 대로 휴대전화로

카톡, 문자, 웹서핑, e메일 등을 확인했다.

"1차는 선배가 쏠게. 이제 배도 불렀으니, 2차 가야지?"

- 5분 후 -

5인방은 인근의 한 샐러드 바로 후다닥 들어갔다.

그들은 각자 좋아하는 음식을 마음껏 먹었다.

틈틈이 휴대폰도 만지작거리면서.

"2차는 내가 쏠게. 다음 맛집 투어는 어디지?"
"마지막은 저희가 쏠게요. 얼큰한 매운탕도 먹을 겸 횟집 어때요?"
서열 두 번째 선배가 묻자 막내가 제안했다.

- 10분 후 -
"저번 주말에 소개팅을 했는데….'
서열 네 번째 남자의 말에 휴대전화를 만지작거리던 남자들은
하던 일을 멈추더니 모두 그에게 시선을 집중했다.

오래간만에 한동안 화기애애한 분위기가 이어졌고
그들은 얼큰한 매운탕까지 모두 깔끔히 비웠다.
후배 세 명이 1/n을 하며 계산을 마치고 모두 거리로 나왔다.

"오늘 참 즐거웠어. 다음에 또 보자. 참, 막내야.
 선배 소개팅 건 잘 좀 추진해봐라."

"네, 알겠습니다. 선배님!"

남자들끼리의 모임은 여자들과 사뭇 다르죠.

질보단 양을 추구하며

장소를 이동하는 데 오랜 시간이 걸리는 것을 싫어합니다.

여자들은 술이 없이도 3차까지 모임을 즐길 수 있지만,

남자들에겐 술 없이 그것도 장소를 세 번이나 옮겨가면서

모임을 갖는다는 것은 쉽지 않은 일입니다.

그래서 제목처럼 '낯설 수 있는 모임'인 것이죠.

하지만, 제가 아는 어떤 선배는

이런 모임을 실제로 갖는다고 하더군요.

다만, 다른 점은 가령 네 명이 모이면 음식을 두 개만 시킵니다.

대신 그 날 테마에 따라서 장소를 바꿔가며

부족한 양을 채우는 식이죠.

전 아직 한 번도 그런 체험을 못 했지만,

이런 모임이 있다면 두 손 들고 환영할 것입니다.

이런 식의 '일일 맛집 투어' 괜찮지 않나요?

엄마의 마음

아이 : 엄마, 친구가 불고기 먹었다고 자랑해요.
　　　나도 불고기 해주세요.

가난한 집 아이의 엄마는 아이가 실망할까 봐
밭에서 나는 고기라며 콩을 불로 볶아주었다.

아이 : 엄마, 친구가 삼겹살 먹었다고 자랑해요.
　　　나도 삼겹살 사주세요.

아이의 말에 엄마는 순간 이마에 삼겹의 주름이 졌다.
엄마는 저번에 콩을 볶아 준 일이 마음에 걸렸다.
그래서 이번엔 은반지를 팔아 아이와 함께 돼지고기를 맛있게 먹었다.

아이 : 엄마, 친구가 코스요리 먹었다고 자랑해요.
　　　나도 코스요리 먹고 싶어요.

또 난감해진 엄마는 고심 끝에 계란 3개로 코스요리를 만들었다.

A코스 : 계란찜과 간장

B코스 : 프라이와 후춧가루

C코스 : 삶은 계란과 소금

엄마 : 우리 아들 어떤 코스로 먹을래? 골라봐!

아이 : 우와! 엄마 나 모든 코스 다 먹으면 안 돼요?

엄마 : 좋아, 우리 아들을 위해서 내 특별히 허락하지.

아이 : 역시 우리 엄마가 최고예요!(엄지 척)

아이는 푸짐한 달걀 요리 코스에 무척 행복해했다.

C코스

B코스

A코스

110

아이가 자라면 점점 요구사항이 많아지죠.

그래서 엄마들은 아이와 함께 마트에 가는 게 두렵기도 합니다.

우리 집 딸아이도 요즘 부쩍 사달라는 게 많아서

아이 엄마가 힘들어하더군요.

부모 맘 같아서는 뭐든 다 해주고 싶지만 뭐 그게 쉬운 일인가요?

잘 어르고 달래는 수밖에요.

그래서 제일 좋은 놀이는 숨바꼭질이나 말 태워주기 같은

신체놀이입니다.

스킨십으로 애정을 느끼게 할 수도 있고, 돈도 전혀 들지 않으니까요.

대신 아빠의 참여가 꼭 필요합니다.

좋아하지만 싫은 것들

나는 비를 좋아하지만
비를 맞는 건 싫어요

나는 술을 좋아하지만
술 취해 비틀거리는 모습은 싫어요

나는 돈을 좋아하지만
돈을 쓰긴 싫어요

나는 과자와 음료를 좋아하지만
살찌긴 싫어요

나는 깨끗하게 살고 싶지만
청소하기는 싫어요

좋아한다는 것에는 이중적인 의미가 내포되어 있습니다.

‘널 좋아해’라는 말에는

한 가지에 몰두하면 열정을 발휘하는 모습의

‘널’ 좋아하는 것이지

다른 여자에게 쉽게 눈길을 주는

‘널’ 좋아하는 것은

아니라는 의미를 담고 있습니다.

누군가 또는 뭔가를 좋아하는 것이 무조건인 것은 아닙니다.

좋아하지 않지만 싫은 것들

나는 그를 좋아하진 않지만
다른 여자한테 뺏기는 건 싫어요.

나는 군 면제자들을 좋아하진 않지만
군대 가기는 싫어요

나는 짧은 치마를 좋아하진 않지만
친구들이 나를 구식으로 바라보는 건 싫어요.

나는 공부를 좋아하진 않지만
나보다 친구가 더 잘하는 건 싫어요

114

낙시를 할 때 가장 기뻐하는 순간은 월척을 낚았을 때가 아니라,
옆의 사람이 월척을 잡았다가 놓쳤을 때라고 합니다.

기분 좋은 일이 있을 땐 남에게 자랑하고 싶지만,
남이 자랑하는 꼴은 참지 못합니다.

다른 직장에 다니는 동료가 자신보다 연봉이 높은 건
참을 수 있지만, 자신이 다니는 직장 내에서 동료보다도
연봉을 덜 받는 건 참을 수 없다고 합니다.

사람의 마음이란….

자가진단 표

오늘 당신의 하루에 '저녁'이 있었나요?

당신의 한 주 동안 '휴일'이 있었나요?

당신의 지난 일 년은 '어느 계절'에 가까웠나요?

하루 중 저녁은 우리에게 어떤 의미일까요?

보통은 낮에 일하고 밤에는 쉽니다.

그런데 바쁜 일상을 사는 우리들의 하루는

'아침-낮-낮-밤'이 많죠.

중간에 '저녁이 없는 삶'을 사는 것입니다.

심지어 반쪽짜리 '밤' 또는 '낮밤'을 보내기도 합니다.

지난 한 해를 돌아본다면

당신의 계절에 과연 꽃피는 봄은 있었나요?

노력한 성과를 거두는 과실을 얻는 가을은 있었나요?

아니면 일 년 내내 땀만 흘렸던 여름이었는지.

혹한 추위에 몸을 웅크리고 제대로 몸을 펴보지도 못한

겨울이었는지…

117

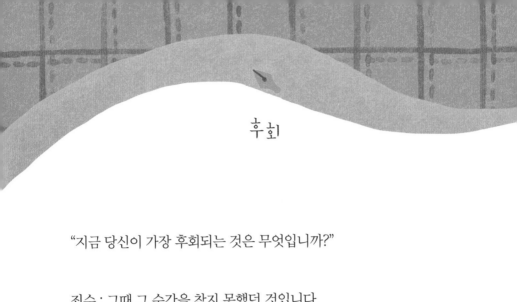

후회

"지금 당신이 가장 후회되는 것은 무엇입니까?"

죄수 : 그때 그 순간을 참지 못했던 것입니다.

60대 노인 : 해 보고 싶었는데 꾹 참았던 것이라네.

나만의 버킷리스트를 적어보세요!

나의 버킷리스트

사람은 해 본 것을 후회하기보다는

안 해본 것을 후회하는 경우가 많습니다.

부족하면 부족한 대로

일단 시작해 보세요.

성공을 거머쥔 사람들은

남들보다 조건을 완벽히 갖춘 것이 아니라

단지 그들보다 결단이 조금 빨랐을 뿐입니다.

리셋

7번

9번

EBS

말하는 텔레비전 앞에서 가족들이 채널 다툼을 벌이고
있었다. TV 화면은 왔다 갔다 반복을 하다가 과열이 되어
그만 화면이 멈춰버렸다.

수동 리모컨도 작동되지 않았고 아무리 애를 써도
TV는 정상으로 돌아오지 않았다.

결국 가족들은 A/S를 통해 기술자를 불렀다.
얼마 후 도착한 기술자는 TV를 껐다 켰다.

"잘 나오네요."

120

del

alt

ctrl

다시 새로 시작하는 게 두려울 때가 있습니다.

지금껏 걸어왔던 길이 멀수록 지나온 시간이 아깝다는 생각이 듭니다.

중간에 다시 과거로 돌아가고 싶지만 어디 그럴 수 있나요?

그럴 땐 과감히 처음부터 다시 시작하는 게 더 나을 수 있습니다.

평소에 잘 연주하던 곡도 어느 한 부분에서 막힐 땐

처음부터 다시 시작하면 매끄럽게 잘 넘어가는 경우가 있습니다.

다시 시작하는 것에 대한 두려움을 버리세요.

어쩌면 그 길이 가장 빨리 돌아가는

최선의 지름길일지 모릅니다.

도시락

소녀는 가난해서 도시락을 싸 오지 않는 날이 더 많았다.

점심시간 종이 울리자 소녀는 짝에게 다이어트를 한다며

수돗가로 가더니 물을 먹었다.

몰래 따라가 그걸 본 친구는 마음이 짠해졌고

소녀 옆으로 다가가서 똑같이 따라 했다.

순간 자존심이 상한 소녀는 얼굴이 달아올라 밖으로 뛰쳐나갔다.

다음날 소녀의 친구는 2개의 도시락을 싸 와서 하나를 친구에게 주었다.

소녀는 정말 괜찮다고 하는데도 친구는 한사코 포기하지 않았다.

소녀는 하는 수 없이 친구가 준 밥을 먹었다.

눈물이 뚝뚝 밥 위로 떨어졌다.

"안 그래도 우리 집 김치가 좀 짠데, 밥까지 짜게 생겨서 어쩌지?"

친구의 말에 소녀는 웃음이 나왔다.

창밖엔 하얀 눈이 바람에 날리며 펑펑 내리고 있었다.

소녀는 유난히 도시락 밥이 따스하게 느껴졌다.

요즘 대부분 학교는 급식을 해서

엄마들의 고민과 일손을 덜어주었는데요.

예전엔 일상적이었던 도시락이 이제는

소풍이나 나들이 갈 때를 제외하곤 맛보기가 힘들어졌습니다.

다행히도 저는 어릴 적 도시락을 못 쌀 형편은 아니었지만,

지금 생각해보면 다섯이나 되는 자식들의 도시락을

십수 년간이나 싸 온 어머니를 생각하면

참 대단하셨다는 생각이 듭니다.

철없던 시절엔 반찬 투정도 많이 했었는데,

그럴 때마다 어머니는 얼마나 맘이 편치 않았을까 생각하면

가슴이 저려옵니다.

사랑을 얻는 법

마을에 제일가는 부자가 어느 날 주민들을 모아놓고 문제를 냈다.

"사랑을 얻는 법에 대해서 이틀 안으로 가장 훌륭한 답을
 가져오는 사람에게는 상금 100만 원을 주겠소."

이틀 후 사람들이 하나둘씩 부자의 집으로 몰려들었다.
먼저 한 사람이 말했다.

"돈 앞에는 장사가 없는 법이오. 사랑은 돈으로 살 수 있소."

여자들이 돈에 약한 것이 틀린 말은 아니었다.
사람들은 그것이 정답이라며 고개를 끄덕였다.

"하지만, 나보다 더 부자인 이웃 마을의 젊은 청년들도
 내 딸에게 모두 거절을 당했다오."

부자가 별다른 감명을 받지 않자 두 번째 사람이 말했다.

"사랑을 얻는 가장 확실한 법이 있소.
 그것은 사랑을 먼저 주는 것입니다."

과연 맞는 말이었다. 모여 있는 사람들이 모두 손뼉을 쳤다.

"하지만, 내 딸에게 먼저 사랑을 고백한 많은 청년들은 역시
모두 거절을 당했소."

실망한 부자가 말하자 세 번째 사람이 나섰다.

"꽃은 나비를 따라가지 않는 법이지요.
사랑을 얻으려면 내면의 향기를 피워야 합니다."

내면의 향기라는 말에 사람들은 무릎을 쳤다.

"당신이 가장 근접한 것 같군."

부자는 세 번째 사내에게 상금을 주었다.

무조건 주는 것만이 능사는 아닙니다.

자신은 아무런 준비도 안 된 상태에서

상대에게 매력을 느꼈다고

무작정 다가가면 상대는 감정의 격차만

더 크게 느낄 뿐입니다.

그 보다 사랑의 가장 좋은 선물은

'매력 있는 나'입니다.

나를 가꾸었을 때 사랑의 향기는

상대에게 더 잘 전해집니다.

직장인의 요일별 기분 지수

직장인 1 : 오늘은 어떤 파도가 나를 기다릴까?

직장인 2 : 하지만 파도는 타고 오를 때가 스릴이 있긴 해.

직장인 3 : 그래, 하지만 파도가 떨어질 땐 아찔해.

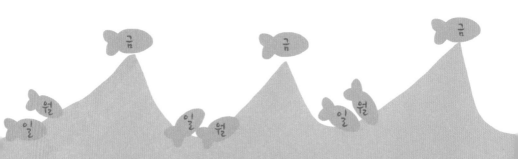

얼핏 생각하기에 토요일과 일요일이 가장 기분이 좋을 것 같지만

실제론 금요일이 가장 기분지수가 좋게 나타납니다.

주가가 미래의 기대심리를 선반영하여 미리 오르듯

기분도 기대심리가 반영되는 것이지요.

일요일이 되면 시간이 갈수록 기분지수는 급격하게 직강하합니다.

블랙 먼데이가 바로 코앞에 놓여있기 때문이죠.

이런 사이클이 매년 반복이 됩니다.

파동의 높이는 개인마다 다를 수 있지만

1주라는 주기는 같습니다.

그림으로 대략 그려보니 이런 모양이 되었습니다.

마치 파도처럼 생겼죠.

직장인들은 매일 일상의 작은 파도를 만납니다.

정년이 훨씬 미치기도 전에

엄청나게 큰 파도를 만나기도 합니다.

파도를 자세히 보니 상어 지느러미 같기도 했습니다.

또 하나 발견한 것은 생명의 사이클입니다.

드라마에서 병원 의사가 모니터 화면에서

위급한 환자의 주파수를 보는 장면을 보면

건강한 사람일수록 높고 낮은 파동이 반복되지만,

죽은 사람은 파동이 일자로 쭉 늘어지는 경우를

볼 수 있죠.

아래 그림처럼.

마찬가지가 아닐까요?

일주일 내내 기분이 바닥 상태를 벗어나지 못하는 것도 큰 문제지만,

반대로 일주일 내내 기분이 고공 상태를 쭉 유지하는 것 또한

그리 바람직한 것만은 아닙니다.

실제 그런 사람도 없으려니와 설령 그런 상태의

기분이 내내 유지되더라도

오히려 더 위험한 상황에 놓일 수 있습니다.

일   월   화

우리의 신체는 외부로부터 적당한 스트레스가 있을 때

면역력이 생기는데,

아무런 스트레스가 없는 상태에서는 면역력이 떨어질 테니까요.

저는 직장인의 애환이 담겨있는 이 사이클을 보면서

이게 원래 인간다운 현실의 삶이 아닐까 하는 생각이 들었습니다.

기분이 나쁜 상황을 경험한 사람만이 기분 좋은 상황을

더 즐길 수가 있습니다.

휴일 다음 날 출근할 생각을 하면 가슴이 답답하겠지만,

그래도 우리에겐

금(金)요일이라는 황금 같은 희망이 있기에

오늘을 살 수 있지 않을까요?

그리움

'육지는 어떤 곳일까?'

바다에 사는 것이 답답해진 물고기는 파도를 따라

육지의 모래 위로 나오게 되었다.

'따사로운 햇살이 참 좋은걸!

이렇게 모래를 몸에 묻히며 놀 수도 있잖아!'

물고기는 바닷속에서는 느껴보지 못했던

따사로운 모래가 맘에 들었다.

그런데 잠시 후 숨이 가빠오자 다시 바닷속으로 들어가야 했다.

물고기는 다시 모래가 그리워졌다.

물고기는 파도를 따라 뭍으로 헤엄을 쳤다.

그런데 그만 어부가 쳐 놓은 그물에 걸리고 말았다.

영리한 물고기는 다행히 그물 밖으로 나올 수 있었지만

그만 꼬리지느러미가 잘리고 말았다.

'이젠 지난날 평온했던 바다의 삶이 그립구나.'

살다 보면 누구나 한 번쯤 지금 있는 곳을 벗어나고 싶은
'일탈'을 꿈꾸게 됩니다.

그리곤 용기를 내어 감행을 하죠. 처음엔 낯선 환경이
생소하기도 하지만, 점차 새로운 환경에 적응하게 됩니다.
그러다가 어떤 계기로 인해서 지금이 예전보다 더 못하다는 것을
비로소 깨닫게 되는 때가 있습니다.

지금 내 옆에 있는 가족과 집은 늘 함께 있기 때문에
그 소중함을 잊기 쉽습니다.
진짜 소중한 것은 일상의 평화입니다.

어떤 대상을 떠올려보고 그것이 없을 때를 생각해보세요.
그것이 내게 얼마나 소중한 것인지 바로 알 수 있습니다.

엄마가 생각날 때

(메뉴가 바닥남)

시집간 딸 : 오늘은 뭘 해 먹어야 하나….

(아침 식사를 하며)

장가간 아들 : 구수한 된장국에 하얀 김이 모락모락 나는 밥 먹고 싶다.

여러분은 엄마 생각이 간절해질 때가 언제인가요?

남자들은 결혼 후 차츰 아내가 만든 음식에 길들여지겠지만

엄마가 만들어준 음식 맛을 완전히 잊지는 못합니다.

김치를 집에서 직접 담그는 젊은 부부들은 거의 없죠.

다른 음식들은 아내가 만든 음식들이 밥상 위에 놓이지만,

여전히 엄마가 만든 김치는 고정으로 식탁에 오릅니다.

여자들이 엄마가 간절히 생각나는 때도

음식과 관련이 있지요.

매번 색다른 먹을 걸 생각하고 준비한다는 게 말처럼

쉽지만은 않습니다. 그럴 때 딸들은 엄마는 어떻게 그 많은

음식들을 준비하였을까 하고 생각합니다.

그런데 그거 아세요?

당신이 엄마를 떠올리는 것처럼 당신의 자녀들도

훗날 당신을 떠올릴 것이라는 것을.

그렇게 우리는 엄마를 닮아 갑니다.

뒷모습

명절을 쇠고 나서 양손에 김치와 다른 먹을 것들을
잔뜩 싸 들고 돌아가는 아직 결혼을 안 한 40대 아들의 뒷모습
부부싸움에 뛰쳐나왔다가 아버지의 불호령에 쫓기듯
친정집 문턱을 나서는 딸의 뒷모습
무거운 책가방을 짊어지고 새벽같이 길을 나서는 막내아들의 뒷모습
아침도 거른 채 왕복 3시간이 넘는 직장으로 돈 벌러 나가는
남편의 뒷모습.

추운 겨울에 눈까지 내려 하루 종일 외롭게
혼자 골목 모퉁이를 지키다 어둑한 밤 미니 트럭에 짐을 챙겨 싣고
돌아가는 일일 노점상인의 뒷모습.

생각해보니 유일하게 뒷모습이 기억나지 않는 분이 있습니다.
그분은 바로 어머니시네요.

오랜만에 당신의 집에 들렀다 각자 제집으로 돌아가는
자식들이 시야에서 완전히 사라지기 전까지
어머니는 손을 흔들며
먼저 뒤 돌아가지 않았습니다.

기억 속의 뒷모습들은 왠지 쓸쓸함이 느껴지죠.

뒷모습을 보는 것은 그 모습이 점점 멀어진다는 공통점이 있습니다.

저는 주말부부라서 주말이면 이곳 용인에서 광주에 내려가는데요.

딸아이가 4살 초반이었을 무렵이었습니다.

잠자리에 누울 때마다 생각나는 아이 생각에 어서 주말이

오기만을 기다리곤 했습니다.

집에 도착하면 그동안 보고 싶었던 딸아이와 이틀 동안 내내

온종일 같이 부대끼고 놀았습니다.

하지만 즐거웠던 시간도 잠시, 이제 떠나야 할 시간.

터미널까지 아이 엄마와 딸아이가 따라 나왔고,

버스 출발 시간을 5분 남겨놓고 이제 아쉬운 인사를 해야 했죠.

딸아이에게 뽀뽀를 연신 해주고 몇 번을 안아주었습니다.

그리고 돌아서려는데, 딸아이가 잡고 있던 제 손을 꼭 움켜쥔 채

울음을 빵 터트리면서 절대로 놓아주지 않는 것이었습니다.

그때 처음 알았습니다.

4살 아이의 손목과 손가락 힘이 그렇게 셀 수 있다는 것을.

잔뜩 꽉 힘을 준 고사리 같은 손을 겨우 힘들게 떼어내자

아이는 아빠 가지 말라며 더 크고 서럽게 울었습니다.

순간 마음이 무너져 내렸습니다.

터미널 플랫폼을 향해 걸어가면서 몰래 뒤를 살짝 보았습니다.

길가에서 울고 있는 아이에게 사람들의 시선이 집중되고 있었고

아이 엄마는 어쩔 줄을 몰라하였습니다.

다시 돌아서는 저는 그만 눈물이 울컥 났습니다.

지금은 다 컸는지 이제 딸아이는 예전처럼 울지 않습니다.

하지만 훌쩍 커버린 것 같은 생각에

또 한 번 가슴 한켠이 저렸습니다.

도레미 가족

어느 작은 산골에 마음씨 착한 청년이 살고 있었다.
그는 내다 버려진 강아지들을 볼 때마다 집으로 데려와 키웠다.
강아지들은 성장하여 새끼를 낳았고 수도 꽤 많아졌다.

평소에 노래 부르는 것을 좋아한 청년은
계이름을 따서 강아지들에게 이름을 지어주었다.

도레미파솔라시도.

그런데 문제는 앞의 도와 뒤의 도가 같아서 구분이 안 된다는 점.
그래서 뒤의 도는 숫자 2를 붙여주었고,
또 강아지 수가 늘어나면 이런 식으로 숫자를 계속 붙여주었다.

2도, 2레, 2미, 5파, 7솔, 10도

그런데 발음이 이상하다며
자신의 이름(7레, 9라, 10파)에 불만을 품은 강아지 세 마리가
청년에게 항의를 했다.

"멍멍. 주인님, 저희 이름 좀 바꿔 주세요."

"좋아. 너희들에게만큼은 특별히 이름을 세 글자로 쓰도록 허락하지."

강아지들은 대환영했고 새로운 이름이 지어졌다.

7레레, 9라라, 10파파

개는 새끼를 적게는 4~5마리 많게는

10마리 이상도 낳습니다.

만약 100마리가 조금 안 되는 많은 개를 키우는 사람이 있다면?

그리고 주인이 개들에게 일일이 이름을 지어준다면

하는 상상을 해봤습니다.

그때 떠오른 것이 '도레미파솔라시도' 8음계였는데요.

문제는 8마리밖에 사용할 수 없다는 것.

그렇다면 앞에 숫자를 붙이면 되겠지 싶었던 것이죠.

'7레레', '9라라', '10파파'

그런데 이름을 죽 나열해 놓고 보니 그중에

발음이 좀 웃긴 것들이 나왔습니다.

'7레', '9라', '10파'가 그것들입니다.

만약 개들에게도 자존심이 있다면 하고 생각해봤죠.

그래서 그 해결책으로 이름 뒤에

계이름을 하나씩 더 붙여주었습니다.

여전히 좀 우스운 면이 없진 않지만

그래도 첨보다는 나아 보였습니다.

꿈의 변천

당신의 어릴 적 순수한 꿈은

지금 어디에 있나요?

현실이라는 커다란 원안에 갇혀버린 그 꿈은

평균적으로 사는 것마저 욕심이 돼버린 세상에서

점점 더 작아만 갑니다.

봉숭아 물

남 : 첫눈이 올 때까지 봉숭아 물이 남아 있으면

　　　첫사랑이 이루어진대요.

여 : 정말요? 그럼 우리도 손톱에 봉숭아 물 들여 볼래요?

그해 겨울 첫눈이 내렸고 남녀는 부푼 기대감을 안고 만났다.

여 : 손 좀 봐봐요.

남자는 수줍은 듯 손을 내밀었다.

다행히 봉숭아 물이 손톱에 남아 있었다.

다만 손톱이 길게 자랄 동안 잘려지지 않은 채로.

여 : (웃으며) 뭐예요, 손톱을 안 자른 거예요?

남 : 너무 잘 먹어선지 손톱이 너무 빨리 자라서요. 당신은요?

여자도 수줍은 듯 손을 내밀었다.

남 : 어, 그럼 당신도 손톱을 안 자른 거예요?

둘은 두 손을 마주 잡고 서로의 얼굴을 보며 한참을 웃었다.

영화 '엽기적인 그녀'에서 견우(차태현 분)와 그녀(전지현 분)는

2년 후를 기약하며 한 그루 나무 앞에 각자의 편지가 담긴

타임캡슐을 묻고 헤어집니다.

그런데 나무가 벼락을 맞아 두 쪽으로 갈라져 죽자

견우는 똑같은 나무를 구해와서 그곳에 심습니다.

3년이 지나 뒤늦게 찾아온 그녀는 나무 그늘에 앉아 있던 노인에게

지난 이야기를 들려주며 우리가 정말 만날 운명이라면

어디선가 우연이 마주치지 않을까 하고

바보 같은 생각을 했었다고 말하자,

노인은 이렇게 말하며 견우가 했던 일을 말해줍니다.

"운명이란 노력하는 사람에게 우연이란 다리를 놓아주는 거야…."

그 후 견우는 그녀가 사랑했던 옛 애인의 엄마이기도 했던
고모의 소개로 정말 우연히도 그녀와 다시 만납니다.

거부할 수 없을 것 같았던 운명조차 한 인간의 노력은
그것을 자신의 의지대로 바꿀 수 있는 힘이 됩니다.

어른들을 위한
힐링 메세지

바람 부는 곳으로 떠나기

Windy

1m 인생

저의 생활은 1m 안에서 모든 게 해결이 된답니다.
먹을 것도 입을 것도 자는 것도 모두 반지름이 1m인 원 안에 있지요.

1m를 벗어나고 싶으냐고요?
그렇진 않아요.
이 안에서 모든 게 해결되는데 굳이 벗어날 필요가 없잖아요.

하지만 솔직히 말하면…. 1m 밖의 세상이 그립긴 해요.
바람에 날리는 봄 꽃 향기 따라 뛰어도 보고,
온 세상이 하얗게 물든 눈 내리는 눈밭 위를 뒹굴어 보고도 싶어요.

하지만, 제게 언제 그런 날이 올까 싶어요.
이제는 이런 생활도 그리 나쁘지만은 않다는 걸 알았어요.
밖에 내 버려져 길을 잃는 것보단 나으니까요.

오! 마침 저기 주인님이 맛있는 밥을 가지고 오는군요.
이럴 땐 '멍멍'하고 반갑게 맞이해 주는 걸 주인님이 좋아한답니다.
그럼 저는 바빠서 이만…. (총총)

1m짜리 쇠줄에 묶여 사는 개가

활동할 수 있는 면적은 $\pi(m^2)$입니다.

1m 인생이자 π 인생인 셈이죠.

예전에 감명 깊게 본 영화 중에

<빠삐용>과 <쇼생크 탈출>이 있습니다.

이들은 모두 자유를 향하여 갑갑한 감옥을 탈출한다는 내용입니다.

말을 못 해서 그렇지 1m의 쇠줄에 묶인 개 또한 영화 속의 주인공처럼

늘 자유를 꿈꿀지도 모릅니다.

매년 버려지는 개들은 수천 마리. 누적으로 십만이 넘죠.

이들을 모두 한 곳으로 모으면 작은 소도시 수준입니다.

스스로 먹을 것을 찾아야 하는 배고픈 개들은

닭장을 습격하기도 합니다.

이들은 자유를 찾았지만, 지난날이 그리워질 것입니다.

개들도 알 것입니다.

그들에게 필요한 건 1m의 줄에서 자유로워지는 것이지

주인과 완전히 떨어지는 격리나 방치가 아니란 것을.

그런데 우리들의 삶이라고 개와 크게 다를까요?

내가 가고자 하는 길은 수십수백 km인데

현실은 1m 앞조차 벗어나지 못하고 있지 않나요?

마음은 이미 목표지점에 가 있지만,

몸은 여전히 현실의 굴레에 묶여

1m의 원에서 벗어날 수 없지 않나요?

우리는 경제적으로나 정신적으로나 독립을 꿈꿉니다.

아니 한때 꿈꿨었죠.

직장을 구하지 못한 젊은이들은 부모의 보호 아래 삶을 살아갑니다.

직장을 구하고 집을 얻어 결혼을 했더라도

아이를 믿고 맡길 수 있는 사람은 부모밖에 없습니다.

1m 줄에 묶인 개를 통해서 저는 저 자신을 보았습니다.

1m의 쇠사슬에 묶인 개의 두 눈 속에는

현실이라는 굴레의 1m 줄에 묶인 채 살아가는

우리들의 자화상이 있었던 것입니다.

여행 삼락

왕이 삼형제에게 각각 여행을 떠나보냈다.
한 달 후 삼형제가 궁에 도착했다.

왕 : 그래, 여행에서 무엇이 가장 중요하더냐?

왕이 삼 형제에게 묻자 먼저 첫째가 답했다.

첫째 왕자 : 그야, 당연히 볼거리입니다.
          여행에서 눈이 호강하는 것만큼 좋은 것도 없죠.

이번엔 둘째가 대답했다.

둘째 왕자 : 형 말이 맞습니다. 하지만 여행에서 단지 구경만 하고
          즐길거리가 빠진다면 참다운 여행은 아니죠.
          온천도 체험하고 기차도 타며 꽃향기도 맡을 수 있는
          즐길거리를 찾는 게 여행의 묘미입니다.

마지막으로 막내가 말했다.

막내 왕자 : 두 분 형의 말이 다 옳아요.

하지만 여행의 백미는 먹을거리죠.

여행 도중에 먹는 도시락과

산 정상에서의 시원한 맥주 한 잔만큼 기분을 좋게 하고

피로를 풀어주는 건 없습니다.

세 형제의 말을 모두 듣던 왕이 말했다.

왕 : 너희들 말이 다 옳다.

　　앞으로 여행을 할 땐 볼거리, 즐길거리, 먹을거리 이

　　세 거리를 꼭 챙기도록 하거라.

여행에서 남는 건 사진뿐이라고 하죠.

하지만 여행지에서 느꼈던 감동과 추억까지

사진에 담기지는 않습니다.

그것은 오로지 우리의 기억 속에만 저장 될 뿐이죠.

보고 먹고 즐기는 동안

마음의 울림은

가슴 한켠에 추억의 사진을 남깁니다.

동백기름

모델 출신의 한 전업주부가 아이를 돌보느라
친구들 모임이 있는 걸 깜빡했다.

그녀는 서둘러 머리도 감지 않고 급한 김에
분무기 형태의 탈취제를 머리에 뿌리고
퇴근한 남편에게 아이를 맡긴 채 모임 장소에 서둘러 나갔다.

친구 : 어서 와. 그런데 너 안 본 사이에 머리가 더 윤기가 흐르는걸!
　　　샴푸 뭐 쓰니?

아이 엄마 : 어? 그냥, 뭐 헹굴 때 동백기름 한 번 바르는 것 외에….

아이 엄마는 순간 창피해서 거짓말이 입에서 나왔다.

친구 : 동백기름이 그렇게 좋다더니, 나도 한 번 써봐야겠는걸.

그 후 동백기름은 소문이 급속도로 퍼지더니
급기야 대박 상품이 되었다.

한때 모 연예인의 꿀 피부 비결이 동백기름이라는 소문이 퍼지면서

동백기름이 검색어 상위에 오른 적이 있습니다.

실제 옛 여인들은 동백기름을 머리와 얼굴에 발랐다고 하죠.

이러고 있을 게 아니라 땅 좀 사서

동백나무를 많이 심어 놓아야겠어요.

아이를 키우는 엄마는 하루를 바쁘게 삽니다.

워킹 맘은 더할 나위 없겠죠.

그러다 보니 자신에게 신경을 쓸 겨를이 없는 게 현실입니다.

아가씨일 때는 자신을 위해서 옷도 사고 신발도 자주 사 신었지만,

결혼을 하면 온통 아이와 가정에 신경을 쓰느라

돈은 돈대로 시간은 시간대로 모자라기 마련이니까요.

저 또한 그런 아내에게 지금껏 변변한 옷 한 벌

선물하지 못한 것이 마음에 걸립니다.

만약 모임에 혹시 깜박하고 머리를 감지 않고 온 친구가 있으면

슬쩍 눈 감아 주세요.

대한민국 어머님들 힘내세요! 아자! 화이팅!

1/365

한국이 세계에서 가장 일을 많이 하는 국가로 선정이 되었다.

미국인 리포터 : 당신이 가장 부러운 사람은 누구인가요?

한국인 : 산타 할아버지입니다.

리포터 : 왜 그렇게 생각하죠?

한국인 : (웃으며) 일 년에 딱 하루만 일하잖아요.

OECD뿐만 아니라 세계에서도 가장 일을 많이 하는 나라로
손꼽히는 곳이 바로 대한민국입니다.

젊은 청춘들은 공부만 죽으라고 하다가, 겨우 직장에 들어가면
야근과 휴일근무를 밥 먹듯 하고
은퇴 시기가 되면 기대에 찬 여유로운 황금빛 노년기를 꿈꾸지만
그동안 자신을 너무 혹사시켜 온지라
이젠 몸이 말을 듣지 않습니다.

개미는 일을 많이 하는 것으로 알려졌지만,
실질적으로 일하는 시간은 얼마 되지 않고
하루 대부분을 빈둥거리면서 보냅니다.

베토벤, 아인슈타인, 뉴턴 등 인류역사를 바꾼 위인들은
산책을 하거나 여유를 가지며 쉬고 있을 때
세상을 흔드는 영감을 받았습니다.

진정한 가치는 숫자로 측정할 수 없는 데서 나옵니다.
시간의 지배를 받지 않으려면

시간으로 측정할 수 없는 것에
관심을 기울여 보세요.

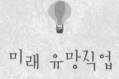

미래 유망직업

제자 : 스승님, 미래에 가장 유망한 직업은 무엇입니까?

스승 : 그것은 과거에 유망하지 않았거나

　　　 현재 가장 유망하지 않은 직업이다.

미국 정부가 UN 미래보고서 2025를 토대로 발표한 바에 따르면

현존하는 직업의 80%가 10년 이내에

사라지거나 진화할 것이라고 합니다.

아마존의 무인항공기 드론(Dron)은

언제 우체부 아저씨를 대체할지 모릅니다.

매년 미래 유망직업 10선이 발표되지만

사실 1년 앞도 예측하기 힘든 세상에서

10년을 내다보기란 쉽지 않죠.

거창고 직업 선택 십계명 6번이

'장래성이 없다고 생각되는 곳으로 가라' 입니다.

누군가는 이런 말을 했습니다.

"미래는 예측하는 것이 아니라 만들어 가는 것이다."

트렌드 흐름을 간과해서는 안 되겠지만, 그보다 중요한 것은

새로운 흐름을 만들 수 있는 주인공이

바로 '나'일수도 있다는

발칙한(?) 생각입니다.

팬티에 센서 달기

혈중알코올농도를 측정하는 음주 검사는
왜 피를 뽑지 않고 사람이 내쉰 숨을 검사하는 걸까?

176

음주검사는 그런 식으로 하면서

왜 건강검진할 때는

똥 대신 방귀 검사는 하지 않는 걸까?

검사에 응하는 사람이나 검사하는 사람이나 여러모로 불편할 텐데

왜 수십 년이 지나도록 채변 검사를 대체할 만한 것이

아직까지 나오지 않는 걸까요?

그래서 엉뚱한(?) 제안을 해보았습니다.

피를 빼지 않고 밖으로 내쉬는 숨만으로도

혈중알코올농도 수치(음주 측정)를

정확하게 측정하는 것이 가능한 것처럼,

방귀를 검사하여 채변 검사를 대체할 수도 있지 않을까요?

혹시 이 글을 보건당국 관계자나 의학계에 종사하시는 분

또는 발명가가 보신다면 한 번쯤 진지하게 연구해보는 건 어떤가요?

혹시 모르잖아요.

방귀를 효과적으로 담을 수 있는 기술과 제품 개발로

새로운 일자리가 창출될지….

가령 화장실 변기 또는 팬티에 방귀 성분측정 센서를 달고

거사(?)를 치른 즉시 건강상태를 알려주는 겁니다.

이거 왠지 돈 좀 될 거 같지 않나요?

p.s 질병 조기 발견으로 의료보험료 인하에도 영향을 미칠 수 있습니다.

사이코

여 : 오빠, 나 오늘 사이코 같은 선배한테 야단맞았어.

　　　우울해. 술 한 잔 사줄래요?

남 : 그래. 사이코 선배가 술 한 잔 사주지.

　　　너 일부러 전화 잘못 건 척하면서 나 들으라고 한 거지?

직장인이 이직하는 가장 큰 이유가
일이 맞지 않는 것이라 하지만
실제 이유는 대부분 인간관계 때문이라고 합니다.

아이러니한 것은 남들은 그 사실을 아는데
원인을 제공한 당사자만 그 이유를 잘 모른다는 것입니다.
아니 모른 체 하는 것일 수도 있겠죠.

이상한 것은 사이코 같은 직장 선배는
평소엔 남의 말은 잘 안 믿어도
일 때문에 떠난다는 후배의 말은 철석 같이
믿는다는 것입니다.

명량

이순신 장군에게는 아직 12척의 배가 남아있습니다.

취업 준비생 : (원서 100군데 넣고 88번 떨어짐) 내겐 아직 12번의

발표가 남아있다.

조기 명예 퇴직자 : 내겐 아직 정년까지 12년의 기간이 남아 있는데…

불면증 환자 : 내겐 아직 헤아려야 할 양이 12마리나 남아 있다.

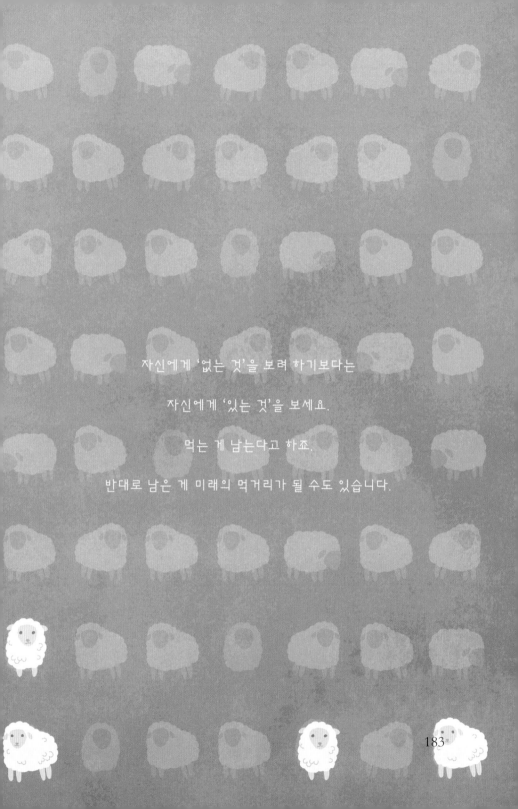

자신에게 '없는 것'을 보려 하기보다는

자신에게 '있는 것'을 보세요.

먹는 게 남는다고 하죠.

반대로 남은 게 미래의 먹거리가 될 수도 있습니다.

상담 전화

취직이 안 돼서 힘들어하며 삶을 포기하다시피 한 청년이
우연히 무료로 상담을 해준다는 신문 광고를 보고 전화를 했다.

'띠리리리'

학생 : 여보세요? 거기 무료로 상담해주는 곳 맞죠?

상담원 : 네네. 고갱님 사랑합니다! 말씀하십시오.

학생은 한 시간 동안 상담원과 넋두리를 하자 마음이 좀 풀렸고
한결 가벼운 마음으로 전화를 끊을 수 있었다.

'딩동'

잠시 후 휴대전화 문자메시지가 수신되었다.

'36,000원의 정보이용료가 부과되었습니다.
저희 상담센터를 이용해주서서 감사합니다.
10% 할인쿠폰이 발행되었습니다.'

학생은 급 당황하여 광고를 다시 자세히 봤더니
무료로 상담해준다는 문구 옆에
깨알 같은 작은 글씨로 다음과 같이 쓰여 있었다.

'무료로 고민을 상담해 드립니다. _(단, 정보이용료는 10초당 100원)'

학생 : 깨알!

스팸 문자는 바이러스와 유사합니다.

생명체처럼 기존의 방어제를 뚫는 신종이
출현하기도 하고,
언제 어디로 튈지 쉽게 예측이 안 됩니다.

게다가 상대가 계속 강력한 드라이브를 거는 데 반해
이쪽은 계속 갖다 대는 수비만 가능합니다.

문제는 새로 개발된 변형 드라이브일 경우

상대의 공격 기법을 파악하기 전까지는

초반에 몇 점을 그냥 내어 준다는 점입니다.

개와 고양이

앞을 못 보는 길냥이와 떠돌이 개가 한적한 길가에서 만났다.

떠돌이 개 : 안녕? 너도 버려졌구나!

길냥이 : 아니야. 난 가출했어.

떠돌이 개가 반기자 자존심이 강한 길냥이가 둘러댔다.

떠돌이 개 : (길냥이의 홀쭉해진 배를 보며) 밥 같이 먹을래?

길냥이 : 좋아. 혼자 먹기 싫으면 같이 먹어줄게.

떠돌이 개는 쓰레기통을 뒤져 가져온 빵 부스러기를
길냥이에게 나눠주었다. 그때 쥐 한 마리가 나타나서
땅에 흘려진 빵 부스러기를 잽싸게 챙겨서 도망갔다.

길냥이 : 덕분에 잘 먹었어.

떠돌이 개 : 그런데, 넌 쥐를 싫어하니? 방금 쥐가 지나갔는데….

길냥이 : 아, 사실 요즘 살이 쪄서 다이어트 중이거든….

길냥이는 배를 간신히 채운 후 길을 떠났다.
떠돌이 개는 길냥이의 뒷모습을 쓸쓸히 바라봤다.
그런데 길냥이의 걸음걸이가 이상했다.

길냥이는 삐뚤삐뚤 거리며 도로 한가운데로 천천히 걸어갔다.

그때 저 멀리서 트럭이 빠르게 달려오고 있었다.

떠돌이 개는 본능적으로 힘껏 뛰어가서 길냥이를 구했다.

떠돌이 개 : 하마터면 큰일날 뻔 했어.

길냥이 : 네 덕분에…

길냥이는 감동을 받았다.

떠돌이 개는 고양이 목에 걸린 줄을 자신의 목에도 묶었다.

떠돌이 개 : 우리 이제부턴 함께 하지 않을래? 내가 네 옆에 있을 게.

길냥이 : 정말 고마워.

어느새 길냥이의 두 눈엔 맑은 눈물이 글썽였다.

개와 고양이는 다른 점이 많습니다.

개는 부지런한 반면 고양이는 게으른 편이고

개는 주인에게 충성하지만 고양이는 주인이 섬깁니다.

잘못을 해서 혼내면 개는 뉘우치지만

고양이는 단단히 삐집니다.

개는 어느 부위라도 만져주면 좋아하지만

고양이는 스킨십의 허용범위가 정해져 있죠.

하지만 서로 성격이 달라 어울리기 힘든 개와 고양이가

세상에 버려졌을 때는

서로 돕고 의지할 친구가 되어주는 것이

절실히 필요합니다.

빈 잔

옛날 깊은 산속 시골에 청렴한 선비가 살았다.

하지만 그는 가난해서 끼니도 제대로 먹질 못했다.

어느 날 서울에서 귀한 손님이 오자 선비는 술상을 차려왔다.

"차린 것은 없지만 맘껏 드시지요."

하며 선비는 술잔에 가득 술을 따르는 시늉을 했다.

하지만 술은 한 방울도 나오지 않았다.

대신 선비는 입으로 소리를 냈다.

상황을 눈치챈 손님이 말했다.

"무슨 술인지 향기 한 번 좋습니다."

그리곤 진짜 향기를 맡으며 과장된 시늉을 하자

선비가 정색을 하며 말했다.

"이 술은 향기가 없는 술인데…."

채워진 잔은

비워지기 전까진 다시 채울 수 없지만,

빈 잔은

마음먹기에 따라서

그 안에 술을 채울 수도 있고,

맑고 흰 구름 한 점으로도 채울 수 있습니다.

어떤 인터뷰

사회자 : 우리 꼬마 아가씨가 가장 좋아하는 노래는 뭐예요?

6살 꼬마 : '내 나이가 어때서' 입니다.

사회자 : 할아버지께선 방송 출연금을 받으면 어디에 쓰실 건가요?

100세 노인 : 그야, 당연히 노후연금저축에 가입해야지.

전국 노래자랑에서 5~6살 정도 되는 꼬마 아이가

출연했던 적이 있었는데,

<내 나이가 어때서>를 부르더군요.

가사의 의미도 모를 아이가 춤을 추면서 노래도 어찌나 잘하던지요.

그때 깨달았던 것은 무언가를 시작하기엔 늦은 나이가 없다지만,

무언가를 하려는 데 너무 이른 나이 또한 없겠다는 것이었습니다.

저도 중학교 1학년 때 담임선생님이 노래를 시켜서 불렀던 곡이

이선희의 <아! 옛날이여>였습니다. 지금 생각하면 참 맹랑했죠.

고령의 노인이 인구에서 차지하는 비중은 갈수록 높아지고 있습니다.

오래 사는 것만큼 중요한 건 아프지 않고 건강하게 사는 것입니다.

그러기 위해서 필요한 것 중 하나는 웃음이죠.

웃음은 고도로 발전하는 의학과 의약기술도 못 해낸

인류 역사상 유일한 만병통치약입니다.

♫

노래방

노래방에 생일 파티를 하러 간 한 쌍의 커플

여 : (오늘 왠지 솔리드의 천생연분을 부르고 싶네)

　　오빠, 기분도 좋은데 나 신나는 댄스곡으로 시작할까?

남 : 좋지. 그런데 저번에 불렀던 천생연분만 빼고.

　　음이 안 올라가서 사실 듣기 좀 그랬거든.

노래방에 가면 남들은 다 아는데

본인만 모르고 있는 사람이 꼭 있습니다.

이러한 사람들은 노래가 끝나고 점수가 높게 나오면

자신의 실력만큼 나왔다고 굳게 믿고,

점수가 낮게 나오면

노래방 기계는 믿을 게 못 된다고 말하는 특징이 있습니다.

이분들을 위해서라도 정말 제대로 점수가 나오는

점수 판독기가 발명되었으면 좋겠습니다.

쇼 핑

(어느 방송 프로그램에 출연한 한 여성과의 인터뷰)

사회자 : 당신이 가장 좋아하는 것은 무엇이죠?

여자 : 당연히 쇼핑이죠.

사회자 : 가장 후회했던 적은 언젠가요?

여자 : 쇼핑으로 얼룩져 빨개진(적자) 바로 지난달입니다.

사회자 : 가장 즐겨 보는 TV 프로그램은 무엇이죠?

여자 : 쇼핑 채널이요.

사회자 : 결혼하면 남편과 가장 먼저 하고 싶은 것은 무엇인가요?

여자 : 남편과 쇼핑하러 가는 거예요.

사회자 : 출연료를 받으면 어디에 쓰고 싶으세요?

여자 : 내일 L백화점에서 친구들과 쇼핑하기로 했어요.

쇼핑에 중독되기 쉬운 이유는 무엇일까요?
쇼핑은 능력이 닿는 한 자신의 의지대로 할 수 있는
자유를 주기 때문이라고 생각합니다.

집에서, 교실에서, 직장에서, 사람들과의 관계에서
사실 뭐 하나 내 맘대로 할 수 있는 게 많지 않잖아요.
그런데 이 쇼핑이란 건 그런 제약이 없다는 것입니다.
구매하는 그 순간만큼은 소비자가 주인공인 셈이죠.

그런데 쇼핑에 중독이 되는 현상에는 숨겨진 이면이 있습니다.

억눌리고 응어리져 생긴 불만과 답답함이

쇼핑이라는 신비한 아이템에 의해서 욕구가 해소되는 것이죠.

스트레스를 받거나 기분이 우울할 때 쇼핑을 하면

기분이 한결 나아지는 것은 이러한 메커니즘에 따릅니다.

혹시 당신도 쇼핑에 중독된 적이 있다면

밖으로 분출되지 못한 그 어떤 감정들이

그 안에 쌓였던 것은 아닌가요?

날고 싶은 닭

닭장 속의 닭은 참새가 늘 부러웠다.

"나도 너처럼 하늘을 날 수 있었으면…."

참새는 닭장 속의 닭이 늘 부러웠다.

"나도 너처럼 매일 편하게 밥을 먹을 수 있었으면…."

어느 날 닭이 주인집 손님 밥상 위에 푸짐한 요리가 되어 올려졌다.

'닭장 속의 배부른 닭보다 하늘 위 배고픈 새가 낫구나.'

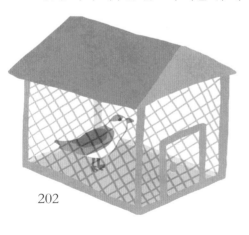

참새는 속으로 생각하며
하늘 높이 날아올라 갔다.

내게 없는 것을 채우려 하기보다는
내가 이미 가진 것에서 나의 장점을 발견해 보세요.

세상에 위대한 업적을 남긴 사람들은 한결같이
자신의 부족한 면을 채우려 했던 사람이 아닙니다.
그들은 그럴 시간에
자신이 가장 잘할 수 있는 것, 가장 좋아하는 것에
집중을 하였습니다.

작가

학생들이 화장실 벽에 온통 낙서를 해 놓는 통에 그것을 다시 지우느라 애를 먹고 있던 청소아줌마가 어느 날 화장실 안에 몰래 잠복을 했다.

얼마 후 벽을 통하여 낙서를 하면서 키득키득 웃는 소리가 들리자 청소 아줌마가 화장실 문을 두드리며 말했다.

청소 아줌마 : 학생, 제발 화장실에 낙서 좀 그만해.

소년 : (순간 급 당황하였지만 침착하게) 전 만화작가예요.
　　　　여긴 제 작업실이고 지금은 작품 활동 중입니다.

인생은
불확실성의 세계에서
확실성이라는 원을
키우는 과정이다

새는 부리로 손을 대신하는 불편함을 가졌지만
대신 하늘을 날 수 있는 두 날개를 얻었다.

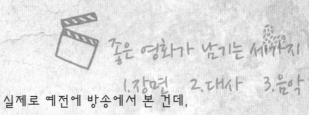

실제로 예전에 방송에서 본 건데,

영국의 한 자유 예술가 청년이

지하철 통로 바닥과 도심 길거리 바닥에 아무렇게나 버려져

까맣게 얼룩으로 굳어진 껌딱지 위에다가 그림을 그렸습니다.

상상해 보세요.

새까맸던 껌딱지가 오색 칼라로 채색된

아기자기한 그림들로 바뀌어 있을 장면을.

바쁜 일상을 오고 가는 무표정한 도시민들은

껌을 아무렇게나 뱉지 말아야지 하는 생각은 물론,

그것을 볼 때마다 한 번쯤 씨~익 웃을 수 있게 되었습니다.

어떤가요?

'껌을 버리면 벌금 10파운드입니다.'라고 캠페인을 하는 것보다

더 마음에 와 닿지 않나요?

저는 그때의 장면을 보고

예술이라는 게 이런 반향도 줄 수 있겠다고 하고 생각했습니다.

ㅁㅁㅁ 일지라도 라고 말할 수 있기를…

차이는 삶의 에너지

화장실은 낙서 천국입니다.

저도 대학 시절 화장실에 멍하니 앉아 있을 때

심심하기도 해서

낙서를 몇 번 했던 적이 있습니다.

그렇다고 낙서를 못 하도록 안에다가 CCTV를 달수는 없잖아요.

그렇기 때문에 화장실 낙서는 앞으로도 오래도록

사라지긴 힘들지 않을까요?

간격은 생명의 거리다

그렇다면 이왕 하는 낙서

좀 더 예술적으로 기지를 발휘해서

청소부 아주머니도 차마 지우기 아깝다는 생각이 들 정도의

작품을 남긴다면

낙서도 그 시대 하나의 문화로

재평가받을 수 있을 것입니다.

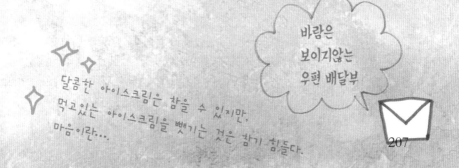

달콤한 아이스크림은 참을 수 있지만,
먹고있는 아이스크림을 뺏기는 것은 참기 힘들다.
마음이란...

바람은
보이지않는
우편 배달부

빵

인간 : 사람은 빵만으로는 살 수 없다.

닭 : 나도 빵만으로는 살 수 없다.

　'사료만 주지 말고 더 다양한 바른 먹거리를 주세요.'

어쩌다 한 번씩 시리얼에 우유를 말아먹으면 간식용으로 좋겠지만,

만약 매일 시리얼을 먹는다면?

아마 삶의 질은 지하 1,000m까지 내려갈지 모릅니다.

그런데 집에서 기르는 개와 고양이는 물론이고

가축으로 기르는 돼지나 닭들도 매일 사료로 키우는 경우가 많습니다.

먹고 자고 노는 게 하루의 전부인 동물들도 매일 삼시 세끼

똑같은 사료만 먹는 것은 그들에게도 그리 달가운 일은 아닐 겁니다.

문제는 개중에 음식물 잔반으로 만든 사료도 있는데,

그것이 얼마 전 조류독감(AI)의 원인으로 밝혀졌다는 사실입니다.

결국 비용을 아끼려다 수만 마리의 닭들이 살처분되었습니다.

인간만이 바른 먹거리가 필요한 것은 아닙니다.

동물들에게도 바른 먹거리가 필요합니다.

공부의 효율

한 엄마가 잡지를 보다가 학습효율이 2배로 올라간다는 광고가
눈에 들어왔다. 생각 끝에 엄마는 일단 한 번 믿기로 하고
다른 교재보다 5배나 비싼 학습지를 구매했다.

엄마 : 엄마가 큰돈 들여 산 거니까 열심히 해야 해.

아들 : 네, 엄마. 알았어요.

-1주일 후-

엄마 : 정말 효율이 2배로 올라가는 것 같니?

아들 : 네, 정말 신기해요. 예전에 2시간 공부할 거를 이 교재 덕분에
　　　 1시간이면 할 수 있게 되었어요.

엄마 : 오! 놀랍구나. 이걸 사길 잘했네.

아들 : 엄마 덕분에 이제 놀면서 쉴 수 있는 시간이
　　　 두 배로 더 많아졌어요. 사랑해요 엄마!

엄마 : @#$%&*

아이러니한 것은 예전에 컴퓨터 없이도 일할 때나

생산성이 급격하게 높아진 지금이나

사람이 하는 일의 양은 별반 줄지 않았다는 것입니다.

앞으로도 그 어떤 효율적이고 생산적인 도구들이

개발된다고 할지라도

사람이 하는 일은 여전히 줄지 않을지도 모릅니다.

그래도 만약 일의 효율이 높아져서

당신에게 여유가 생긴다면

남는 시간을 더 일하는 데 쓰실 건가요?

아니면 삶의 여유를 갖는 데 쓰실 건가요?

밑천

당신에게 '밑천'이란 무엇인가요?

신경 쓴다고 잔뜩 요리를 준비했는데 간이 안 맞고 타버려
음식을 망쳤을 때, 친정에서 가져온 밑반찬
-아내-

직장에서 하루 종일 일에 눌리고 사람에 치여
파김치가 되어 집에 왔을 때
내가 좋아하는 맛있는 음식을 차려놓고 날
기다리며 웃으며 반겨주는 아내와 귀여운 아가
-남편-

신혼부부라면 한 번쯤 겪어 봤을 이야기.

남편은 퇴근해서 집에 올 시간이 다 돼 가고,

나름대로 정성을 들여 장만한 음식들이 실패했을 땐 참 난감합니다.

그럴 땐 최소한 기본은 할 수 있는 '엄마표' 음식이 위기를

모면해줍니다.

누군가 나를 기다리는 사람이 있다는 것은 행복한 일입니다.

어미 새는 아직 눈도 뜨지 못한 채 하늘을 향해 작은 입을 벌리며

자신을 기다리는 아기 새들을 생각하면 사냥하는 일이

하나도 힘들게 느껴지지 않고 신이 납니다.

가족은 가장 소중한 밑천입니다.

수명 연장

지구의 온난화로 1개월가량 살았던 모기의 수명이 6개월까지 늘어나자 미처 예측을 하지 못한 모기들이 대책을 논의했다.

모기1 : 가장 급한 노후 대책은 무엇일까요?

모기2 : 수명은 늘었지만 문제는 식량을 확보하는 겁니다.

모기3 : 죽은 개미 뱃속에 피를 넣어서 땅속에 보관하는 건 어때요?

모기2 : 그런데 우리는 두더지도 아닌데 어떻게 땅을 파죠?

-잠시 침묵-

모기3 : 일단 해봅시다.

100년 후 지구 북유럽의 만년설은 사라졌고
대한민국 땅에는 난로가 모습을 감추었다.

모기는 드디어 땅을 팔 수 있을 만큼 진화하였으며
수명은 3년으로 늘어났다.

사람은 추운 겨울을 싫어합니다.

동물의 세계에서도 마찬가지입니다.

그런데 지구가 점차 온난화되면서 간절기가 짧아지고 있고

어쩌면 겨울마저 사라질지 모릅니다.

겨울이 사라지면 춥지 않아서 좋지만

반대로 해충 같은 또 다른 문제가 커질 수 있습니다.

어쩌면 지금은 싫은 겨울이 그때 가면 그리워지지 않을까요?

닮고 싶은 것들

다음 보기에 쓰인 단어를 이용해서

자신이 닮고 싶거나 바라는 이상향을 기술하시오.

{보기}

개미, 새, 개, 벌, 꽃, 말, 사슴, 호(虎), 문어, 지네, 닭, 봉황, 거북이, 고래,

돼지, 소, 나비, 매, 악어, 코끼리, 기러기, 고양이

<10대 소녀>

개미허리, 새소리, 꽃의 향기, 사슴의 다리, 소의 눈, 나비 날개,

기러기 떼의 v 라인

<20~30대 여성>

10대 소녀의 워너비 + 고양이 얼굴(동안)

<40~50대 여성>

20~30대 여성의 워너비 + 악어가죽 백(Bag)

<60대 이상 여성>

40~50대 여성의 워너비 + 코끼리 다리('두꺼워도 상관없다. 튼튼한 다리만 다

오!') + 거북이의 생명

<10대 소년>

말 근육, 호(虎)의 용맹, 고래 힘줄, 소의 근성

<20~50대 남성>

10대 소년과 같음

<60대 이상 남성>

20~50대 남성의 워너비 + 코끼리 다리

('두꺼워도 상관없다. 튼튼한 다리만 다오!')

 + 거북이의 생명

개는 주인처럼 사람이 되고 싶어 한다고 합니다.

놀라운 것은

어떤 대상을 닮고 싶은 마음이 간절하면

실제로 그 대상에 가까워진다는 것입니다.

만약 환생이 있다면

개들이 인간으로 가장 많이 환생을 할 것입니다.

당신은 무엇을 닮고 싶으세요?

아기돼지의 꿈

아기 돼지는 하늘을 보는 것이 꿈이었다.

어느 날 참새 한 마리가 날아왔다.

참새 : 아기돼지야, 하루 종일 굶었더니 배가 고픈데
　　　밥을 좀 나눠줄 수 있어?

아기돼지 : 응, 그래 참새야. 얼른 와서 먹어.

착한 아기 돼지는 자기 밥을 참새에게 덜어 주었다.

참새 : 고마워. 덕분에 맛있게 먹었어. 그런데 무슨 고민이라도 있어?
　　　얼굴에 기운이 하나도 없어 보여.

아기돼지 : 사실, 난 하늘이 어떻게 생겼는지 보고 싶은데
　　　　　목이 이렇게 생겨서….

참새 : 그래? 그럼 내가 간단한 방법을 알려줄게.

아기돼지 : 정말? 어떻게 하면 되지?

참새 : 일단 문 앞으로 최대한 나와서 엎드려. 그다음에 몸을 뒤집어 봐.

참새는 이 말을 남겨놓고 하늘로 날아갔다.
덕분에 아기돼지는 난생처음 파랗고 넓은 하늘을 볼 수 있었다.

그때 갑자기 하늘에서 빗방울이 떨어지기 시작했다.
빗방울이 콧속으로 들어가자 아기돼지는 재채기를 했다.

하지만 아기돼지는 비가 내리는 모습을 올려다보는 것이 참 신기했고,
마냥 지금이 행복했다.

우리는 늘 보는 하늘도 어떤 이에게는

보고 싶은 그리움의 대상이 되기도 합니다.

실제로 돼지는 신체 구조상 하늘을 볼 수가 없습니다.

바쁜 삶일수록 지나가다가 문득 하늘 한 번 쳐다보세요.

자세히 보면 단순할 것 같은 하늘은

한시도 같은 얼굴을 한 적이 없을 정도로

만 가지 표정을 담고 있습니다.

하늘이 단지 하늘색만으로 이뤄지지 않았다는 것을

발견할 수 있을 것입니다.

어른들을 위한
힐링 메세지

멈추고 바라보기

Calmly

민들레 꽃씨

아주 오랜 옛날, 민들레는 어떻게 하면
자신의 종족을 널리 번식시킬 수 있을까 고민했다.

그래서 생각해 낸 것이 하얀 털실 같은 공을 만들어
바람만 불면 쉽게 날아갈 수 있도록 하는 것이었다.

깃털처럼 가벼운 민들레 꽃씨는 조금만 바람이 불어도 쉽게 날아가
땅에 내려앉았고 이듬해 새로운 민들레가 피었다.

그렇게 1년이 흘렀다.
그런데 민들레는 살고 있던 마을조차 벗어나지 못한 채
주위에서만 맴돌았다.

며칠 동안 생각한 끝에 민들레는
예전보다 씨앗을 붙들고 있는 힘을 더 키웠다.

그 후 약한 바람이 불었지만 꽃씨는 날아가지 않았다.
바람이 어느 정도 세게 불면 그때서야 날아갔다.

1년이 지나자 민들레는 이전보다 더 멀리까지
꽃을 피울 수 있게 되었다.

늦은 가을 들이나 산으로 산책을 하면서 길가에 핀
하얀 실공처럼 생긴 민들레를 보게 될 경우가 있습니다.

이른 봄에 꽃 피웠을 민들레는 봄 · 여름 · 가을의 긴 시간 동안
바람이 조금만 불어도 날아갈 듯한 꽃씨를
단 한 번도 땅에 떨어뜨리지 못한 것이죠.

곰곰이 생각해보니 민들레가 꽃씨를 바람에 흩날리지 못한

어떤 이유가 있지 않을까 하고

민들레의 입장에서 생각을 해보았습니다.

우리의 삶에도 민들레 같은 지혜가 필요하다는 생각입니다.

눈앞의 달콤한 유혹과 이익에 눈멀지 않고

더 길고 크게 내다보는 진중함 같은….

악어의 입

어느 날 사냥꾼 세 명이 숲속 나무 그루터기에 앉아 얘기를 나눴다.

사냥꾼1 : 지금껏 내가 쏜 화살을 맞고 살아남은 동물은 없소.

그는 활을 쏘아 하늘을 날아가는 새를 떨어뜨리며 말했다.

사냥꾼2 : 난 돌멩이 하나만 있으면 됩니다.

그가 돌멩이 하나를 집어 잽싸게 던지자 지나가던 고라니가 쓰러졌다.

사냥꾼3 : 난 고무줄 10개로 악어를 잡을 수 있지요.

그러자 듣고 있던 사냥꾼들이 그를 비웃자,
사내는 늪으로 가더니 잠시 후 악어
한 마리를 끌고 왔다.

악어의 입은 사내 말대로
고무줄로 꽁꽁 묶여 있었다.

악어는 입을 다물 때 10톤 트럭과 맞먹는 큰 힘을 내지만

입을 여는 힘은 약합니다.

대개 나사를 잠글 때보다 풀 때 더 힘들죠.

다이아몬드는 가장 경도(Hardness)가 세지만

쇠망치로 내리치면 부서질 만큼 강도(Strength)는 세지 못합니다.

세상에 완벽한 건 없습니다.

시험

어느 대학의 학기말 고사 국어 시험.
'애매모호함'의 예를 3가지 이상 드시오.

영문학과 학생 : 동명사, 죽느냐 사느냐, Coffee or Tea?

국문학과 학생 : (100가지도 쓰겠네) 알쏭달쏭, 새콤달콤, 시원섭섭,

갈 듯 말 듯, 올 듯 말 듯, 살 듯 말 듯, 줄 듯 말 듯….

(쓰다 지침)

'이 정도면 충분하겠지? 참, 이걸 빼놓을 순 없지'

좋아요.

수학과 학생 : (백지 제출)

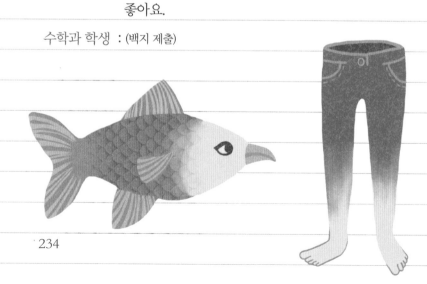

우리말처럼 모호한 표현이 많은 언어가 있을까요?

사투리까지 하면 더합니다. 거시기, 문디, 아리까리….

가장 많이 표현되는 것은 단연 페이스북의 '좋아요(Like)'입니다.

'싫진 않네요', '넘 재밌어요', '댓글까진 아니지만',

'봐줄 만해요', '완전 공감'….

오늘도 당신은 이 중에서 어떤 의미의 좋아요를 누르셨나요?

애매모호함은 무언가 확신을 할 수 없어 쉽게 단정을 내리지 못할 때

자신을 방어하는 수단이 됩니다.

한편으론 자칫 뚜렷한 주관이 없는

기회주의자라는 인상을 줄 수도 있지만,

나중 상황에 따라서 그때그때 달라질 수 있는

변신과 운신의 폭을 넓힐 수 있는 고단수 기법인 것이죠.

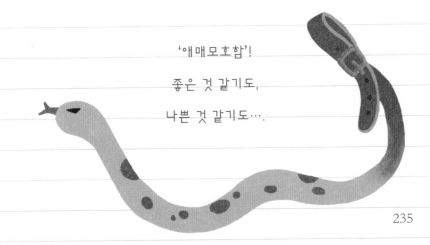

'애매모호함'!

좋은 것 같기도,

나쁜 것 같기도….

코이

학교 수업을 마친 학생들이 교문을 나오는데 어떤 할머니가 물고기를
팔고 있었다.
꼬마 아이들은 신기해서 구경을 했다.
그중 가난한 집의 꼬마가 물고기 한 마리를 샀고,
그의 친구인 부잣집 꼬마 아이도 물고기 한 마리를 샀다.

두 꼬마 아이는 각각 집으로 돌아가서
아빠에게 어항을 사달라고 졸랐다.

가난한 집 꼬마 아이의 아빠는 5ℓ 들이
작은 어항을 사주었고 부잣집 꼬마 아이의
아빠는 50ℓ 들이 큰 어항을 사주었다.

- 3 개월 후 -

어느 날 가난한 집 꼬마 아이가 부잣집 꼬마 아이 집에 놀러 갔다.
그런데 어항 속의 물고기는 자기 집에 있던 물고기보다
대략 10배 정도 커 보였다.
순간 부러워진 가난한 집 꼬마 아이가 물었다.

"뭘 먹였는데 이렇게 물고기가 컸니?"
"너랑 똑같이 물고기 밥을 주는 거 외에는 특별히 없는데…."

부잣집 꼬마 아이가 말했다.
집으로 돌아와서 한참 곰곰이 생각을 하던 가난한 집 꼬마 아이는
어항에서 물고기를 꺼내어 비닐봉지에 잘 싸더니
마을의 호숫가에 놓아주며 말했다.

"물고기야, 그동안 널 좁은 어항에 가둬두어서 미안하다.
 이제 큰 물에서 맘껏 자라렴. 안녕."

코이라는 물고기는 작은 어항에선 10cm도 자라지 않지만

강물에서는 1m가 넘게 자랄 정도로

주위 환경에 따라 몸집의 크기가 달라지는 물고기입니다.

중세 시대 때 코르셋이란 것이 있었는데요.

젊은 여자들은 개미허리를 만들기 위해서

몸통을 찍는 불편을 감수해야 했는데,

피가 잘 통하지 않아서 얼굴이 하얗게 질려

백치미라는 말이 나왔다는 얘기도 있습니다.

그릇은 환경입니다.

우리는 환경에 절대적으로 영향을 받습니다.

어떤 자리에서 제대로 빛을 내지 못하는 것을

자신의 탓으로만 돌릴 수는 없습니다.

지금까지는 환경 탓을 하지 말라는 말을 많이 들어왔죠.

하지만 때로는 환경 탓도 할 줄 알아야 합니다.

중요한 건 거기서 멈추는 게 아니고

자신에게 좀 더 맞는 다른 환경을 찾아 나서는 용기입니다.

자신이 제대로 성장할 수 있는 그릇을 찾아보세요.

콩 심은 데 콩 나고…

선생님이 학생들에게 말했다.

'콩 심은 데 콩 나고 팥 심은 데 팥 난다.'

소년은 수업시간에 배운 것을 통해서 아이디어 하나를 떠올렸다.

소년은 앞마당에 백 원짜리 하나를 묻어두었다.

그걸 우연히 본 옆집 소년은

몰래 그 자리에 백 원짜리 하나를 더 묻었다.

이튿날 소년이 땅을 파자 과연

선생님 말씀대로 돈이 생겼다.

신기했다. 소년은 기뻐서 이번엔 오백 원을 묻었다.

그러자 다음날 천원이 되었다.

점점 돈이 불어가자 이번에 소년은

자신의 전 재산인 만원을 땅 속에 묻었다.

이튿날 소년은 큰 기대를 품고 땅을 팠다.

하지만 만원은 사라져 버렸다.

엉뚱한 소년의 어리석은 행동이 다소 우스꽝스럽지만,

문제는 그걸 이용하는 사람이 있다는 겁니다.

우리가 사는 세상에도 조그만 틈과 기회만 보이면 언제든지

날름 거두어 채가는 기회주의자가 있습니다.

삶의 지혜는 나를 찌게 하기도 하지만,

피해를 막는 '방어'의 역할도 합니다.

미인 투표

남자1 : 내가 보기엔 A 기업이 건실하고 사업성도 좋은 것 같군.

남자2 : 맞아. 하지만 주식시장이란 건 남들이 선호하는 종목이
　　　　오르게 마련이니 B 종목으로 투자를 하게나.

일주일이 지났다.

남자1 : 자네 말대로 했더니 1주일 새 20%나 수익을 얻었네.
　　　　내가 한턱 쏠 테니 맛있는 거나 먹으러 가세.
　　　　내가 보기엔 A 식당이 맛도 좋고 서비스가 좋으니 그리로 가지.

남자2 : 맞아. 하지만 다른 사람들이 대체로 좋아하는 식당은 B라네.
　　　　최소한 거기에 가면 손해는 없어.

242

일주일이 지나고 남자 1과 2는 5:5 단체 미팅에 참여했다.

둘은 잠시 쉬는 시간을 이용해서 화장실에 갔다.

남자1 : 내가 보기엔 여자 A가 괜찮아 보이더군. 자네 생각은 어떤가?

남자2 : 음. 하지만 대체로 B한테 남자들의 시선이 집중되더군.

1년 후

남자1 : 자, 여기 청첩장 받게나.

　　　 예전에 미팅에서 만났던 여자랑 결혼하게 되었네.

남자2 : 축하하네. 어디 보자…. 그런데 신부가 A로군. 어찌 된 일인가?

남자1 : 처음엔 여자 B에게 접근을 했지. 그런데 B가 그러더군.

　　　 여자들 내에선 A가 가장 인기가 좋다면서

　　　 A를 만나보라고 했지.

　　　 그래서 A와 결혼했다네.

사람의 귀가 두 개인 것은

남의 말을 잘 경청하라는 의미라고들 합니다.

하지만 그것이 자기의 목소리를 내지 말라는 의미는 아닙니다.

남의 의지와 생각을

아무런 여과 없이 받아들이는 사람의 삶은

'타인의 삶'과 같습니다.

언제나 항상 마지막 판단은

자신의 몫이란 걸 잊지 마세요.

기린과 여우

여우는 큰 키를 이용해서 높은 나무 열매를 쉽게 따먹는 기린이 부러웠다.
여우는 있는 힘을 다해서 점프를 해보았지만 나자빠지기 일쑤였다.
하지만 여우는 그때마다 먼지를 털고 일어나 계속 도전을 시도했다.
다리는 성한 곳이 없이 멍들었고 크고 작은 상처도 입었다.

그때, 사자 떼 한 무리가 기린을 둘러싸더니
그중 날쌘 두 마리의 사자가
기린의 목에 올라타서 물고는 놓아주질 않았다.
기린은 그만 힘을 잃고 쓰러졌다.

난생처음 넘어진 기린은 다시 일어서려고 했지만
어떻게 일어설지를 몰랐다.

그 사이에 기린은 결국
사자 떼의 먹이가 되고 말았다.

여우는 그 모습을 지켜보면서 상처투성이인
자신의 다리를 펴고 유유히 사라졌다.

기린은 서서 잠을 자는 몇 안 되는 동물들 중 하나입니다.

위급할 때 언제든 천적으로부터 도망갈 준비를 하는 것이죠.

기린은 살면서 넘어질 이유도 넘어지는 경우도 없지만

대신 한 번 넘어지면 쉽게 일어서질 못합니다.

한 번도 넘어져 본 적이 없기 때문입니다.

지금의 '성공'이

미래에 '실패'의 원인이 될 수 있습니다.

지금의 '실패'가

미래에 '성공'의 요인이 될 수도 있습니다.

단 한 번의 실패도 없는 삶이 일면 빛나 보일 수는 있지만,

그것은 그만큼 안정적인 것만 추구해온

삶의 반증일 수 있습니다.

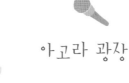

아고라 광장

시민대표를 뽑는 아고라 광장에 시민 만 명이 모여들었다.

첫 번째 후보 : 저는 식량과 복지문제를 해결하기 위해서…. (주저리주저리)

내용상으로는 시민들이 좋아할 만한 훌륭한 연설이었다.

두 번째 후보 : 저는 도시 국가 간의 연맹을 통해 무역을 활발히 하여
상인들의 경제발전을…. (주저리주저리)

역시 내용상 무난한 연설이었다.

세 번째 후보 : 저는 앞의 두 후보들보다 더 열심히…. (주저리주저리)

특별한 내용은 없었지만 목소리 하나만큼은 우렁찼다.

드디어 투표가 시작되었고
과반수를 훌쩍 넘긴 세 번째 후보가 시민대표로 선출이 되었다.

그러자 첫 번째 후보를 찍은 광장의 맨 앞줄에 앉아 있던 사람이
옆 사람에게 물었다.

"왜 엉뚱한 세 번째 후보가 시민대표가 된 거죠?"

"앞의 두 후보는 내용 면에선 거의 완벽했지만,
 그들은 모두 목소리가 작아서 광장의 저 뒤까지
 들리지 않았기 때문입니다."

누군가 목소리를 높이는 사람이 있다면

그 사람 때문에 보고 듣지 못하는

다른 진실은 없는지 살펴보세요.

물은 높은 곳에서 낮은 곳으로 흐르듯이

자신감과 확신이 있는 사람일수록

목소리도 낮은 곳을 향합니다.

소라게

소라게 두 마리가 새 소라껍질을 서로 차지하려고 싸움을 벌였다.

소라게1 : 이제 그만 양보하시지?

소라게2 : 내가 할 소린데?

그때 조개껍질을 뒤집어쓴 다른 소라게 한 마리가 나타나 말했다.

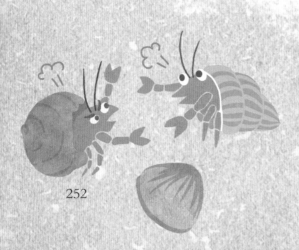

소라게3 : 왜들 그렇게 싸우니?

　　　너희들도 이제 그 답답한 소라껍질을 버리고

　　　나처럼 넓고 커다란 조개껍질을 쓰는 게 어때?

싸우던 소라게들의 눈에는 과연 조개껍질이 참 근사해 보였다.

이제 둘은 소라껍질을 버리고 조개껍질을 가지고 싸우기 시작했다.

그 사이 조개껍질을 가지고 온 소라게는

얼른 이들이 버린 소라껍질을 들고 어디론가 급히 사라져 버렸다.

인간의 성취 욕구를 이용한 '경쟁'은

일면 가시적인 성과를 가져올 수 있지만,

한계가 분명히 존재합니다.

'최고의 전략은 경쟁하지 않는 것이며 내가 좋아하는 제품을

더 잘 만드는 것이다.'

메모 하나로 기업 가치를 10조 이상으로 올려놓은

에버노트 창업자 필리빈의 말입니다.

에버노트 기업에는 다른 기업과 달리 '없는 것'이 하나 있습니다.

그것은 경쟁업체를 연구하거나 분석하지 않는다는 것인데요.

진정한 혁신은 남과의 비교가 아닌

어제의 나보다 더 나은 오늘의 나를

만드는 데 있지 않을까요?

벌과 나비

화창한 어느 봄날 엄마와 한 어린 소녀가 산책을 하고 있었다.
길가에는 꽃들이 활짝 피었고 벌과 나비들이 분주히 오가고 있었다.

소녀 : 엄마, 벌들이 꽃에게서 꿀을 뺏어가고 있어요.

엄마 : 응, 하지만 꽃에겐 더 좋은 일이란다.
　　　벌은 꽃가루가 묻은 다리로 옮겨 다니면서
　　　꽃이 열매를 맺을 수 있게 해주거든.

소녀 : 아, 그렇구나. 그럼 꽃은 벌을 좋아하겠네요?

엄마 : 물론이지. 꽃은 벌이 오면 웃으면서 환영해 준단다.

소녀 : 그럼, 벌보다 아름다운 날개를 가진 나비도
　　　꽃에게 환영을 받겠네요?

엄마 : 사실, 꽃은 벌만큼 나비를 좋아하지는 않아.
　　　나비는 긴 대롱을 이용해서 자기가 먹고 싶은 꿀만 먹고는
　　　다리에 꽃가루를 잘 묻히지 않거든.

소녀 : 알았어요, 엄마. 저도 커서 꿀벌처럼
　　　남을 도와주는 사람이 될게요.

꽃에게 나비는 어떤 존재일까요?

나비는 벌과는 달리 긴 대롱을 입에서 꺼내서

꿀만 쏙 빼먹는 얌체 같은 존재입니다.

하지만 꽃은 그런 나비를 탓하지 않습니다.

그런 나비 때문에 꿀의 생산을 중단하지도 않죠.

이번엔 벌의 관점에서 볼까요?

벌은 꽃가루를 다른 꽃으로 옮겨 번식을 돕습니다.

하지만 벌은 자기가 그런 중요한 일을 한다는 사실을

자각하지 못합니다.

단지 자신과 애벌레의 성장을 위해서 꽃의 꿀을 따는 것일 뿐

애초에 꽃을 돕겠다는 의도 자체가 없는 것이지요.

하지만 결과적으로 벌이 꽃의 꿀을 따는 것은
꽃과 벌 모두에게 이익으로 돌아옵니다.
사람도 마찬가지입니다.

본인은 의도하지 않았는데
그 일이 남에게 유용한 영향을 미칠 때가 있죠.
물론 그 반대의 경우도 있습니다.

중요한 건
자신의 일에 충실할 때 남도 도울 수 있다는 것입니다.

배우지 않은 것들

직장경력 10년 차 직원 20명이
A와 B의 두 그룹으로 나눠진 뒤 설문지가 돌려졌다.

A 그룹 : 대학에서 배운 것들을 생각나는 대로 쓰시오.

B 그룹 : 대학에서 배우지 않은 것들을 생각나는 대로 쓰시오.

동시에 설문이 시작되었다.

그러자 A 그룹은 10분이 지나자
한두 명씩 자리에서 일어나 모두 밖으로 나갔고,

B 그룹은 제한 시간 1시간을 꼬박 채웠다.

학교에 다닐 때는 평생 배울 것을 그때 다 배울 줄 알았고,
직장생활을 할 때는 학교에서 배우지 않았던 모든 것들을
배우고 익힐 줄 알았습니다.

하지만 학교에서도 회사에서도 가르쳐 주지 않는 것들이
훨씬 많다는 것을 시간이 한참 흐른 뒤에야
비로소 알게 되었습니다.

배움이란 끝이 없는 것인데
학교와 직장에서 모든 걸 가르쳐 줄 거라 기대한 것 자체가
어리석은 일일지 모릅니다.

고수

참새 한 마리가 날아와 땅 위를 기어가는 지렁이를 물었다.
그러자 해오라기가 금세 따라와서 함께 지렁이를 사냥했다.

그런데 참새와는 달리 해오라기는 지렁이를 먹지 않고
물가로 날아가더니 먹이를 떨어뜨렸다.

물고기가 모여들자
해오라기는 잽싸게 날아서 물고기를 낚아채 날아갔다.

멀리서 이 장면을 본 매 한 마리가 해오라기를 쫓아오자
해오라기는 그만 먹이를 떨어뜨리고 도망갔다.

그때 고양이 한 마리가 달려오더니
땅에 떨어진 물고기를 물고 잽싸게 달아났다.

새를 잡으려면 나무를 심고,

물고기를 잡으려면 물길을 트라는 말이 있습니다.

그런데 세상엔, 노력하는 사람 뒤에서

전혀 엉뚱한 제삼자가 이익을 보는 경우가 있습니다.

우리의 주변에는 여전히 자신의 실력이 아닌

남의 실수나 위기를 이용해

자리를 꿰차려는 사람들이 있다는 걸 잊지 않아야겠습니다.

호박벌의 변신

호박벌은 자신의 날개보다 훨씬 크고 아름다운 나비의 날개가 부러웠다.
어느 날 나비가 꽃의 꿀을 따고 있을 때, 호박벌은 잽싸게 날아가
나비를 기절시키고 날개를 빼앗았다.
그리곤 자신의 투명하고 작은 날개 대신
나비의 하얗고 큰 날개를 달았다.

호박벌은 날개가 커서 힘은 들었지만
과연 나비처럼 우아하게 날 수 있게 되었다.

기분이 좋아진 호박벌은 온 숲을 하루 종일 돌아다니면서
꿀을 따서 집으로 돌아왔다.
그런데 막상 큰 날개 때문에 벌집 안으로 들어갈 수가 없었다.

결국 벌집의 알들은
모두 굶어서 죽게 되었다.

호박벌은 몸집은 큰 반면 날개는 비이상적으로 짧아서,

날 수 없는 닭보다도 더 불리한 신체구조를 가졌습니다.

하지만 호박벌은 그 사실을 전혀 모르고

자신이 다른 벌들처럼 날 수 있다고 처음부터 철석같이 믿습니다.

그래서 호박벌은 하루 동안에 다른 일벌이 비행하는 거리에 비해서

월등히 먼 천 km의 거리를 왕복합니다.

이미 가진 것이 넘치게 충족한 데도

또 다른 과한 욕심을 부리는 사람들이 있습니다.

그들은 꿈과 헛된 욕망을 잘 구분하지 못한 채 뒤늦게 깨닫습니다.

나에게 없는 걸 찾기보다는

이미 가지고 있던 것이나 잘 챙겼어야 했다는 사실을.

단풍잎과 지렁이

지렁이 한 마리가 여행을 하고 있었다.
그러다 눈앞에 저녁노을처럼 곱게 물든 단풍나무를 만났다.

지렁이 : 단풍잎아, 넌 참 아름다운 색깔을 지녔구나!

단풍잎 : 고마워, 사실 그건 다 나뭇가지가 나를 잡아줘서 가능한 거야.
지렁이 : 나뭇가지 너야말로 단풍잎을 받쳐주는 소중한 존재구나!

나뭇가지 : 고마워, 사실 그건 몸통이 있어서 내가 존재할 수 있는 거야.

지렁이 : 그렇구나. 몸통 너야말로 단풍잎을 존재하게 하는 이유였구나.

몸통 : 고마워, 사실 그건 뿌리가 있었기 때문에

　　　내가 자랄 수있는 거야.

지렁이 : 음, 그러고 보니 뿌리야말로 단풍나무에서

　　　　가장 중요한 역할을 하는구나!

뿌리 : 고마워, 사실 그건 나를 지탱해주는 흙이 있었기 때문이야.

지렁이 : 맞다. 흙이야말로 생명의 밭과 같은걸!

흙 : 고마워, 그런데 사실은 지렁이 네가 땅속에서 흙을 잘 일궈준 덕분이야.

지렁이 : 아! 그렇구나. 흙아 알려줘서 고마워.

삶이 힘들고 고될수록
자신감을 잃게 마련입니다.

돌멩이 하나와 먼지 하나에도
존재의 의미가 있습니다.

하물며 만물의 영장인 인간으로 태어난 당신은
얼마나 위대합니까?

한 번 물어보세요.
당신이 얼마나 소중한 사람인지는
가족들이 가장 잘 압니다.

자기 자신을 사랑하세요.

숫자의 삶

모든 걸 숫자로만 판단하는 부자가 살고 있었다.
욕심 많은 그에게는 10명의 자식들이 있었는데,
이름 대신 숫자로 대신 부를 정도였다.

아들1 : 아버지, 오늘 시험 결과가 나왔는데요.
　　　　저는 역시 이과보다는 문과 체질인가 봐요.

아버지 : 몇 점 맞았니?

딸2 : 아버지, 이번에 학교에서 수학여행을 가는데요.
　　　 경치 좋고 볼거리가 많은 경주로 가요.

아버지 : 얼마 들어?

아내 : 여보, 건넛마을 김 영감 댁 딸이 마음씨 좋고 얼굴도 예쁘다네요.
우리 셋째 아들과 선을 보게 하면 어떨까요?

남편 : 딸 키와 몸무게는 얼마예요? 집 재산은 얼마나 되고?

세월이 흘러 허리가 굽고 머리는 하얗게 센 부자는
어느새 임종을 앞두게 되었다.

막내아들 : 아버지, 미리 관을 짜 놓으려는데, 키가 몇이세요?

셋째 아들 : 아버지, 산소 위치는 15번지가 좋을까요,
16번지가 좋을까요?

넷째 딸 : 아버지, 이제 유산을 분배하셔야죠.
공평하게 금액을 나눠 주세요.

아버지 : ….

8 1 4 7 3 8 7 5 1 4 7

경제생활이 차지하는 비중이 갈수록 커지면서

삶의 여유를 잃어버린 채 이 시대를 살아가는 사람들

하지만 그렇다고

숫자에 지배당하는 삶을 허용하진 마세요.

그럴수록 한 걸음 물러서서

나와 가족을 돌아보는 시간을 가지세요.

그리고 따듯한 말 한마디로 그 모두를 다독여 주세요.

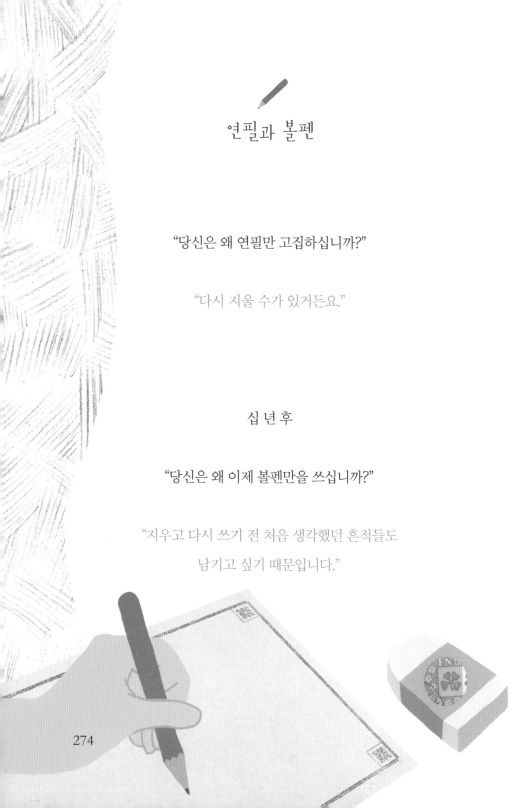

연필과 볼펜

"당신은 왜 연필만 고집하십니까?"

"다시 지울 수가 있거든요."

십 년 후

"당신은 왜 이제 볼펜만을 쓰십니까?"

"지우고 다시 쓰기 전 처음 생각했던 흔적들도
남기고 싶기 때문입니다."

274

보내는 사람

받는 사람

십 년 후

"당신은 왜 이제 그 아무것도
손에 들질 않는 건가요?"

"그동안 단 한 번도 편지를 부치지 못했습니다.
이젠 하나씩 부칠 차례랍니다."

TV가 발명되었을 때

이제 라디오는 골동품이 될 거라고 했습니다.

오토바이가 발명될 때는

이제 자전거는 쓸모없을 거라고 했죠.

볼펜이 개발되었을 때는

이제 연필을 찾는 사람은 아무도 없을 거라 했습니다.

하지만 골동품이 되고, 쓸모없어지며, 아무도 찾지 않을 거라던

라디오, 자전거, 연필은

첨단 기술이 넘치는 현시대에도 여전히 건재합니다.

연필은 볼펜이 가지지 못한 점이 있습니다.

그것은 지울 수 있다는 점이죠.

라디오는 TV와 달리 눈의 피곤함 없이도

편하게 들을 수 있는 장점이 있습니다.

오토바이는 빨리 달릴 수는 있어도

자전거처럼 페달을 밟으며 운동을 할 수는 없습니다.

'차별점'은 생명력입니다.

다른 깨달음

원효대사가 어두운 동굴에서 해골바가지에 담긴 물을 맛있게 먹고
그 다음날 깨달음을 얻었다는 일화가 아직 소문이 나지 않았을 때,
강원도 산골짜기 외딴 마을의 한 선비가 한양으로
과거시험을 보기 위해서 길을 떠났다.

날이 어두워지자 선비는 서둘러 마을 민가를 찾았지만
아무 집도 보이질 않았고 가까스로 동굴을 하나 발견했다.
목이 말랐던 선비는 바가지 같은 그릇에 담긴 물을 허겁지겁 마셨다.
물은 마치 깊은 산속의 천연 약수처럼 맑고 깊었다.

목을 축인 선비는 덕분에 꿀잠을 잤다.
태양빛이 조금씩 비추는 이른 아침이 되자 선비는 잠에서 깨어났다.

선비는 흐트러진 옷매무시를 가다듬고 짐을 챙기려는 순간
머리맡에 놓인 해골바가지를 보고는 깜짝 놀랐다.

간밤에 마신 물은 다름 아닌 해골 속의 물이었다.
선비는 갑자기 속이 거북해지며 통증을 느꼈다.
선비는 깨달았다.

'빛은 사물의 본질을 알게 해주는 존재로구나.'

원효대사는 '일체유심조'

즉 모든 것은 마음먹기에 달렸다는 것을 깨닫고

유학의 길도 포기한 채 불심을 닦는 일에 전념을 다하게 됩니다.

그런데 관점을 살짝 틀면 전혀 다른 해석이 가능해집니다.

만약 해골 속의 물이 치명적인 세균에 오염이 되었다면

그것을 마신 원효대사는 깨달음을 얻기도 전에 숨을 거뒀을 것입니다.

우리는 사물을 시각적으로 인지할 때 빛에 의존합니다.

빛이 없으면 형체를 제대로 알 수가 없는 것이죠.

빛이 없는 삶은 상상하기 어렵습니다.

빛은 사물을 구분하게 하고 존재를 인식하게 합니다.

박쥐

아기 박쥐 : 엄마, 나는 왜 이렇게 못생겼어요?

다른 동물들 보기가 창피해요.

엄마 박쥐 : 동물들마다 생김새는 다 다르단다. 우리 박쥐도 마찬가지야.

개성이 있는 것이지 못생긴 게 아니야.

아기 박쥐 : 생각해보니 그러네요.

엄마 박쥐 : 앞으론 외모는 생각하지 말고 너의 장점을 발휘하려무나.

아기 박쥐 : 장점이요? 저에게도 장점이 있어요?

엄마 박쥐 : 그럼, 당연히 있지.

엄마 박쥐 : 그건 간단해. 다른 동물에겐 있는데

너에겐 없는 것을 찾지 말고,

반대로 다른 동물에겐 없는데 너에겐 있는 것을 찾으렴.

그게 바로 너의 장점이란다.

남들이 뭔가를 잘한다고 기죽지 마세요.

당신이 가진 남다른 재능까지

그들이 가진 것은 아니잖아요.

어린 소나무와 송충이

알에서 깨어난 송충이들은 소나무 잎을 갉아먹기 시작했다.
살이 포동포동 찐 송충이들은 고치가 되었고 얼마 지나자
이번엔 나방이 되었다.

"고마운 솔잎아, 알을 낳으러 올 때 또 보자."

솔나방은 소나무에게 말하며 유유히 하늘로 날아갔다.
하지만 어린 소나무는
송충이에게 솔잎을 많이 뺏겨
상처투성이가 되었다.

화가 난 어린 소나무는 송충이에게 또다시
솔잎을 뺏기기 싫어 솔잎으로 영양분을
보내지 않고 햇볕에 마르도록
내버려 두었다.

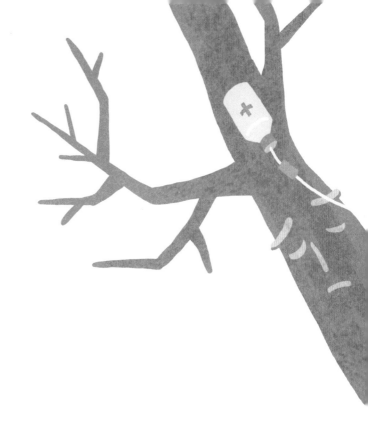

얼마 후 바싹 마른 솔잎은 모두 땅으로 떨어졌고,

돌아온 솔나방들은 알 낳기를 포기하고 다른 곳으로 날아가 버렸다.

어린 소나무는 나방에게 더 이상 솔잎을 뺏기지 않게 되자
안심이 되었다.

하지만 며칠이 지나자 어린 소나무는 영양실조로 점점 말라갔고
나무꾼에 의해서 땔감으로 잘려졌다.

구더기 무서워 장 못 담글까 하는 속담이 바로 이런 경우죠.

모기 물릴까 두려워 여행을 떠나지 않을 수는 없을 겁니다.

거미줄처럼 사방팔방으로 연결된 인터넷이 보안에 취약하다고

대중에게 공개를 안 했었다면

지금 같은 IT 문명의 혁신은 없었을 것입니다.

태양은 대지 위에만 비추지 않고
비는 나무에게만 내리지 않습니다.

우물 밖 개구리

어느 날 개구리가 길을 가다 우물을 만났다.

'저 우물 속에는 무엇이 있을까?'

그때 우물 속에서 개구리 한 마리가 고개를 내밀며 말했다.

"안녕, 날 그리로 올라가게 해주면 우물 속의 비밀을 알려 줄게."

"그래? 잠시만 기다려."

우물 밖 개구리는 담쟁이 잎을 가져와 우물 속으로 떨어뜨렸다.
가까스로 우물 밖으로 나온 개구리가 말했다.

"좋아, 날 꺼내 주었으니 비밀을 알려줄게. 비밀은 바로….
 우물 속에는 먹을 게 아무 것도 없다는 거야."

"뭐? 그게 무슨 비밀이야?"

우물 밖의 개구리는 속았다는 생각에 크게 실망하였다.

"실망 마. 최소한 나처럼 우물에 빠지는 우를 범하진 않을 테니까."

존재하지 않는 것이
곧 의미가 없는 것은 아닙니다.

있는 것을 아는 것도 깨달음이지만
없는 것을 아는 것 또한 깨달음입니다.

문제와 답

공부를 잘하는 한 소년이 있었다.
소년은 평소에도 문제를 내고 답을 맞히는 것을 즐겼다.

소년은 인생도 어차피 답을 얼마나 빨리 구하고 찾는지에 따라서
성공도 판가름난다고 생각하였다.

똑똑한 소년은 어른이 되어 사회적으로도 크게 성공하자
더 큰 목표를 위해 다니던 직장을 나와 회사를 차렸다.

회사는 꾸준히 성장하여 직원이 100명 규모로 커지자
그는 수학 공식처럼 업무 매뉴얼을 직접 만들어
직원들에게 교육을 시켰다.

이제 남은 것은 매뉴얼대로 일이 척척 진행되어 성공할 일만 남았다.
하지만 시간이 흘러도 성장은 더디기만 했다. 직원들에게
뻔히 답을 만들어 알려주고 교육을 시켰음에도 진전은 크게 없었다.

직원들에게 물어보면 자신이 알려준 답을 분명히 알고 있었다.

답답한 그는 학창 시절 선생님을 찾아가서 물었다.

"선생님, 답을 아는 직원들은 왜 답에 나와 있는 대로
　행동하지 않는 걸까요?"

"그것은 간단하다. 그들에게 문제를 안 내주고
　답부터 보여주었기 때문이다."

오히려 답을 모르는 게 나을 수 있습니다.

그들은 답을 모르기에 문제를 푸는 과정을 거칩니다.

엉뚱한 답을 풀어낼 수는 있겠죠.

하지만 그들에겐

머릿속으로만 성공방정식이 입력된 사람들이

쉽게 따라올 수 없는

미래 성공의 큰 밑거름이 될

산 경험이 있습니다.

1m 인생

어느 한적한 시골에 할아버지와 어린 소년이 살고 있었다.

소년은 마당 한쪽에 대나무 씨를 심었고 정성스럽게 물과 비료를 주었다.

그러나 한 달이 지났지만 싹조차 트지 못하였다.

소년 : 할아버지, 왜 아직 싹이 안 나는 거죠?

할아버지 : 우리 눈엔 보이지 않지만 대나무는 땅속에서

          생장할 준비를 하고 있단다. 인내심을 갖고 기다려 봐라.

하지만 반년 후 친구들이 심은 나무들은 잘 자랐지만,

소년이 심은 땅엔 잡풀만 무성할 뿐이었다.

어느새 1년의 세월이 흘렀고,

할아버지는 노화로 자리에 눕게 되었다.

296

할아버지 : 네가 처음 품었던 진심을 잊지 마라.

　　　　　눈앞에 당장 보이지 않는다 하여

　　　　　성장이 멈춘 것은 아니다. 포기하지 말고 기다림을 즐기며

　　　　　무엇보다 너 자신을 믿거라.

할아버지는 소년에게 마지막 말을 남긴 채 세상을 떠났다.

친구 : 언제까지 마냥 기다릴 거야?

　　　　차라리 나처럼 그 자리에 소나무를 심어봐.

소년 : 난 끝까지 기다릴 거야.

친구 : 아휴, 이 바보.

2년이 지났지만, 땅 위엔 어디선가 날아온 민들레, 쑥과 잡풀만 자랐다.

소년은 다른 나무를 심고 싶은 유혹을 느꼈지만

할아버지의 말을 떠올리며 참고 기다렸다.

이듬 해 봄이 되자 놀라운 일이 벌어졌다.

드디어 어린 죽순 하나가 파릇한 싹을 드러냈다.

하나 둘씩 죽순이 주위에 새로 모습을 드러냈고

소년은 감격의 눈물을 흘리며 기뻐했다.

하지만 죽순은 이듬해까지 고작 30cm만 자랄 뿐

더 이상 빨리 크질 않았다.

그럴수록 소년은 더욱 정성을 들여 어린 죽순을 가꾸었다.

이젠 주위에서조차 소년의 바보 같은 행동에
아무도 관심을 두지 않았다.

그렇게 5년 째 되던 해, 소년은 어엿한 청년이 되었다.

어느 해질 저녁 무렵 청년이 농사일을 마치고 마당을 들어서는데
하루 사이에 눈에 띌 정도로 훌쩍 커버린 대나무가 눈앞에 펼쳐졌다.

어떤 날은 하루 만에 무려 1m까지 자랐다.

그 후로도 계속 대나무는 6주 동안 하루도 빠짐없이 폭풍 성장을 했다.
키는 30m에 달했고 아래서 올려다보면 마치 하늘 끝에 닿을 듯했다.

함께 자란 대나무들은 조그만 숲을 이루었고
새들도 찾아와 즐겁게 노래를 불렀다.

따사로운 햇살이 비추는 어느 여름날, 대나무 숲 그늘 아래서
쉬고 있던 청년은 무심코 하얀 구름이 떠 있는
푸른 하늘을 올려다보았다.

그 때 구름 뒤로 나타난 할아버지가 흐뭇한 표정으로 웃자,
청년이 반기며 할아버지에게 말했다.

"할아버지, 기다림을 즐기고 자신을 믿으란 말씀
 앞으로도 잊지 않고 살게요."

구름 뒤에 숨었던 태양이
다시 얼굴을 내밀며 밝은 빛을 비추었다.

남들의 눈에 비친 당신의 모습이
정체된 삶이라 하여 쉽게 체념하지 마세요.

눈에 보이지 않는 어둡고 습한 땅속에서도
믿음이라는 그 뿌리는
인고의 숱한 시간을 견뎌내었을 때
어느 순간 세상 밖으로 모습을 드러내고
찬란한 태양의 따뜻한 기운을 온몸으로 받으며
아름답고 눈부시게 피어날 것입니다.

1mm조차 세상에 드러나지 않았던 당신의 진가가

오랜 염원 끝에 단단한 땅을 뚫고 중력을 이겨내며

매일 새롭게 1m씩 성장하는

결실의 모습으로 나타날 것입니다.

자신을 믿으세요.

Epilog

오늘 하루 어땠나요? 힘겹지 않았나요?
이제 우리 무거웠던 맘 덜어요.

웃는 얼굴, 밝은 미소, 함께 뛰어 봐요.
햇살도 따사롭게 비추잖아요.

기쁜 일은 나누어요. 슬픈 일은 잊고,
꿈의 주인공은 바로 당신이에요

파란 하늘 하얀 구름 산들바람 위로
풍선에 띄어보아요.
당신의 꿈.

하얀 구름들 사이로 빛나는 저 태양
한 아름 품어보아요.
행복의 꿈.